COLLECTION SÉRIE NOIRE
Créée par Marcel Duhamel

Nouveautés du mois

2246. LA TRAQUE AUX FANTÔMES
(MARTIN BLANK)
Sang et eau bénite.

2247. L'HOMME AU MÉGOT
(FRANÇOIS JOLY)
Pas de fumée sans feu.

2248. TA LANGUE AU CHAT ?
(KAREN KIJEWSKI)
Les souris dansent !

2249. VOUS PARLEZ D'UNE PAROISSE !
(HILLARY WAUGH)
Le Diable et son train.

FRANÇOIS JOLY

L'homme au mégot

nrf

GALLIMARD

A Maria Obdulia Sureda de Galmes
A Frédérique, Emmanuelle et Coco

Merci à Georges et Jany Manissier
ainsi qu'à Marcel Ailliot,
chef inspecteur divisionnaire de la P.J. de Lyon.

Il collaborait avec la mort.
Louis-Ferdinand Céline.

Il faut y croire et pourtant il ne faut pas y croire.

Jean Genet.

CHAPITRE PREMIER

A six heures, Bessay franchit le portillon qui s'ouvrait dans la grande porte grise de la prison Saint-Paul. Trois semaines auparavant, il avait été transféré de la centrale de Saint-Maur dans l'Indre, pour être soigné, à Lyon, d'une infection dentaire, le grand mal des prisons.

Le jour pointait à peine et il fut déçu de ne pas être ébloui par la clarté de son premier matin de liberté. Il ne répondit pas à l'ultime vacherie du maton de service qui lança à la cantonade, d'un ton faussement jovial, une plaisanterie certainement éculée mais dont il ne comprit pas le sens.

Depuis qu'on lui avait annoncé qu'il allait être libéré, Bessay avait acheté un plan de Lyon et avait appris par cœur la géographie de cette ville qu'il ne connaissait pas. Sans hâte, d'un pas d'employé des chemins de fer, il atteignit le cours Charlemagne, passa sous la gare de Perrache par un tunnel crasseux et gagna la place Carnot où, dans le premier bistrot ouvert, il commanda un double café-crème et trois croissants.

La patronne venait juste d'ouvrir. La quarantaine

bien assumée, elle était toute pimpante, parfumée à souhait, le corsage avantageux, la croupe à peine trop moulée dans une robe noire. Lorsqu'elle se pencha, plus que le nécessaire, pour servir son client, simplement pour montrer qu'elle avait encore de beaux restes, Bessay regarda ailleurs.

Il avala son petit déjeuner en se forçant à le faire lentement, avec volupté. En d'autres temps, il l'aurait accompagné d'un petit rhum et d'une cigarette douce mais il ne devait pas se laisser aller à la griserie de la liberté retrouvée. Il fallait jouir des instants à venir, graduellement.

Dix-sept ans, c'est long. Surtout en prison. Au début il avait connu l'enfer. Dans l'univers carcéral, des types comme Bessay, on les exècre. Les autres détenus lui en avaient fait baver. Des semaines entières sa vie n'avait tenu qu'à un fil. Les vexations, les brimades, les horions, tous les coups tordus avaient été pour lui. Dans une prison américaine, on l'aurait trouvé, un jour, pendu par ses chaussettes dans sa cellule, étranglé avec sa serviette sous la douche ou, lors d'une rixe générale, le manche d'une cuillère patiemment aiguisé lui aurait tranché la gorge.

A Saint-Maur, il avait été isolé, l'administration pénitentiaire française craignant par-dessus tout les crimes expiatoires commis à l'intérieur des prisons.

Avec le temps, les choses s'étaient calmées. On l'avait évité, mis à l'écart. Il s'était retrouvé avec d'autres types de son style, constituant une sorte de mafia des méprisés, des parias parmi les parias. On lui avait foutu la paix. C'est tout ce qu'il voulait.

Comme cela se passe souvent dans le microcosme

carcéral avec un détenu qui ne pose pas de problème, on oublia ses crimes pour ne voir en lui que le prisonnier exemplaire qui ne se plaignait jamais et acceptait toutes les corvées sans rechigner. Au fil des ans, il ne participa à aucune des révoltes brutales qui agitèrent parfois la prison ; à l'atelier, il eut un excellent rendement, ses moments de loisir étant absorbés par la bibliothèque. Il étudia beaucoup et bien.

Autrefois, il aurait été condamné à mort plutôt deux fois qu'une. Il avait écopé d'une condamnation à perpétuité mais, compte tenu de son excellent comportement en prison, il avait eu droit à toutes les remises de peine possibles. Il avait même confié à l'assistante sociale de la prison qu'il était rongé par le remords. Elle s'était empressée d'en faire état à qui de droit et bien entendu, cela avait fait plus encore pencher la balance en sa faveur.

Depuis que la télévision est entrée dans les prisons, les détenus vivent avec leur temps. L'époque est révolue où un condamné à une longue peine découvrait en sortant de prison une vie effarante et une autre civilisation. De nos jours, le libéré a la même impression qu'un touriste arrivant à New York ou Rio de Janeiro, du déjà vu.

Bessay consulta sa montre, régla son petit déjeuner et s'en fut par le dédale des rues commerçantes entre la place Carnot et la place Bellecour.

Il était mince, de taille moyenne, le cheveu un peu rare. Par l'intermédiaire de l'assistante sociale, il avait pu se relinger modestement mais en se donnant l'apparence d'un employé bien mis qui se rendrait au travail. Seule, détonnait la valise vieillotte qu'il tenait à la main et dont le modèle et la facture ne se faisaient plus. Elle contenait quelques effets, des livres dont un Dalloz effrangé par des milliers de manipulations, une trousse de toilette et un grand classeur où patiemment Bessay collectionnait des photos de petites filles qu'il découpait dans les magazines qui lui tombaient sous la main.

On aurait pu le prendre pour le vendeur d'une quincaillerie, pour un principal de collège ou un démarcheur en produits d'entretien.

Evidemment, il y avait les yeux, deux yeux d'un bleu délavé, qu'il cachait derrière les verres sombres de grosses lunettes, des yeux qui avaient l'air de vous passer à travers sans vous voir, des yeux qui ne reflétaient aucune émotion et qui avaient fait dire à l'avocat général, lors du procès, qu'ils n'avaient rien d'humain.

Bessay regarda quelques vitrines, s'attarda devant un antiquaire de la rue Auguste-Comte spécialisé dans les poupées en porcelaine, s'intéressa beaucoup à la devanture d'un magasin de jouets, déambula dans des rues piétonnières en se rapprochant peu à peu de son but.

Pour un observateur non averti, il semblait aller au hasard comme un quelconque flâneur matinal. En fait, il obéissait à son rite comme le chat qui feint d'ignorer sa proie, comme l'araignée qui tisse sa toile. Il avait un but précis, un but fixé depuis des semaines et qui entretenait toutes ses pensées, un projet refoulé au fond de lui-même et qui brûlait en permanence comme la veilleuse d'une chaudière.

Il n'avait jamais vu l'école vers laquelle il se dirigeait mais le plan de la ville était bien fait et il arriva suffisamment avant l'heure pour se délecter du spectacle qu'il avait, tant de fois, imaginé.

Il s'assit sur un banc dans un petit square situé de l'autre côté de la rue en face de la grille donnant sur la cour de l'école. Il croisa les jambes et attendit apparemment indifférent au monde extérieur, impénétrable derrière ses lunettes sombres mais l'intérieur submergé de turbulences.

Les rues s'animèrent rapidement et vers huit heures le flot de voitures conduites par des parents pressés s'accentua en un ballet bien rythmé. Une voiture arrivait, une tête à l'intérieur se penchait pour un dernier baiser, la porte arrière, côté trottoir, s'ouvrait, une petite boule en jaillissait, claquait très fort la porte et entrait en sautillant dans l'école. Aussitôt, la voiture s'éloignait cédant la place à une autre où se déroulait le même processus. Sur le trottoir, la fébrilité était identique. Un parent, une femme le plus souvent, arrivait en tenant par la main un enfant. Deux petits bras se tendaient pour le baiser d'adieu et l'adulte s'enfuyait vers son boulot et ses tracas.

Après tant d'années de prison, de branlettes solitaires, de fantasmes inassouvis, d'homosexualité forcée, les taulards, en sortant, dévorent les femmes des yeux. Bessay, lui, n'en avait cure. Il ne regardait pas les jeunes mères de famille bien fardées et bien fraîches en ce début de journée. Il ne guettait pas les poitrines opulentes, les tétons saillants sous les pulls ajustés. Il ne s'intéressait pas aux cuisses moulées dans des jeans trop serrés, ni aux minijupes en tricot noir laissant entrevoir des ombres torrides. Il ne voyait pas les jambes nerveuses arquées sur des talons hauts, pas plus qu'il ne cherchait à deviner le doux renflement d'un pubis sous une jupe plaquée par le vent.

Non, ce n'était pas son truc. Lui, Bessay, il regardait les petites filles.

Quel bonheur que la mode soit courte cette année. Au cours des ans, il avait suivi l'évolution de l'habillement chez les enfants et avait vu comment on les avait transformés, parfois, en épouvantails dans des vêtements trop larges, trop grands. Il en avait été furieux.

Heureusement, on revenait à une mode qui dégageait les cuisses des fillettes et, sous les jupettes, on devinait les tout petits culs ronds.

Soudain, Bessay fixa une gamine que sa mère venait de larguer d'une mini-Austin rouge. Oui, c'était elle, celle qu'il imaginait dans ses rêves, celle qu'il avait modelée de toutes pièces, sûre d'elle, dominatrice, déjà. Sans nul doute, elle était capricieuse, boudant lorsqu'on n'accédait pas à ses moindres désirs.

Elle était à dix mètres de l'entrée de l'école et ne paraissait pas pressée d'entrer. Pourtant, sa mère avait dû lui dire à plusieurs reprises de ne pas s'attarder, que la rue est dangereuse, qu'il faut se méfier des messieurs inconnus. Elle faisait sa faraude, regardant autour d'elle d'un air déluré, grisée de désobéissance.

Bessay était immobile sur son banc, une main crispée au travers de la poche sur sa maigre virilité, l'autre serrant très fort le dos du banc.

Quelqu'un vint s'asseoir sur l'autre banc adossé au sien. Il n'y prêta pas attention. Il avait quitté ses lunettes et ses yeux glacés fixaient l'enfant comme le serpent fixe l'oiseau.

Maintenant, la circulation était très forte, le vacarme des moteurs envahissait tout. Personne n'entendit le coup de feu tiré à bout portant dans le dos de Bessay.

La fillette entra dans l'école. Des gens passèrent. Bessay était toujours immobile sur le banc. Simplement, la tête penchée, il semblait dormir ou méditer. Quelqu'un remarqua, enfin, le revolver jeté par terre, sous le banc, et l'énorme tache rouge qui envahissait la veste neuve de Bessay. Bessay inconnu, oublié, mais qui avait fait la une des journaux bien des années auparavant, Bessay violeur et assassin de petites filles, Bessay libéré pour bonne conduite après avoir passé son bac et une licence en droit.

CHAPITRE II

Slimane, lui, fut abattu quinze jours après sa libération, dans le parking en sous-sol de l'immeuble de grand standing où se trouvait son duplex.

Il avait passé une excellente nuit. La veille, pour prouver à ses potes et à lui-même qu'il n'avait pas perdu la main, il avait dragué une superbe nana.

Cela n'avait pas été difficile. Slimane était grand, bien balancé, habillé Yves Saint-Laurent, chaussé Church et malgré les longues années passées derrière les barreaux, il avait gardé cette allure nonchalante et ce visage mat d'aventurier qui faisaient pâmer les donzelles.

Il s'était installé confortablement sur une banquette, derrière une table, au fond d'un bistrot chic de Marseille. Il lisait l'*Equipe* et buvait du bout des lèvres un scotch-Perrier. De temps en temps, il levait les yeux. Son regard de rapace n'avait rien perdu de son acuité pour juger, jauger, déshabiller les femmes qui entraient, s'asseyaient, sortaient seules ou accompagnées.

L'ambiance était chaude, les conversations animées. Les parfums coûteux se mélangeaient à l'odeur des cigarettes blondes et, l'alcool aidant, il régnait un climat euphorique propice aux coups de cœur rapides, aux rencontres fortuites, aux amours éphémères.

Comme l'autour des palombes choisit sa proie dans un vol de tourterelles, Slimane fit son choix. L'autour, par instinct et suivant les lois de la nature, choisit l'oiseau le plus faible, le plus jeune, celui qui a le moins de défense. Slimane repéra une jeune femme seule, apparemment paumée au milieu de ce flot de gens mais visiblement intéressée par tout ce qui se passait autour d'elle.

Il la fixa longuement. Relevant les yeux, elle rencontra ce regard noir et perçant qui ameuta tout son corps. Elle ressemblait à ces milliers de femmes qui, depuis que les séries américaines ont colonisé nos écrans de télé, se sont mises au moule des vamps standardisées des Dallas, Santa Barbara et autres Dynasties.

Il lui sourit en découvrant ses dents impeccables. C'était ce qu'il avait de mieux, Slimane, son dentier. Il le savait et en usait, plus encore maintenant, car en taule ses dents lui avaient coûté une fortune. Le sourire effaçait de son visage le côté inquiétant qu'il avait en permanence et lorsqu'il souriait, on se disait que la première impression était fausse et que cet homme-là ne pouvait être méchant. Cet ambiguïté lui donnait un charme fou.

Elle répondit à son sourire, regrettant aussitôt de s'être fait piéger, sans préliminaire, par un inconnu. Il s'était levé, le verre à la main, le journal sous le bras et avait franchi les quelques mètres qui les séparaient.

— Bonjour, il me semble que nous nous connaissons, avait-il dit.

— Non, je ne pense pas, avait-elle répondu d'un ton un peu abrupt, honteuse d'avoir répondu à un sourire qui permettait une entrée en matière aussi rapide.

— Vous êtes sûre ! s'était-il exclamé, vous avez un visage et des yeux qu'on ne peut oublier.

C'était bien dit, c'était gentil, un rien dragueur. D'habitude, celles à qui ce compliment était adressé fondaient. Elle fondit.

— Ne restez pas debout, monsieur, asseyez-vous.

— Merci. Je m'appelle Jean et vous ?

— Annie.

— Cela vous va très bien.

La suite avait été facile. Grand restaurant sur la Canebière, belle boîte de nuit pour adultes effarouchés par les sonos intempestives, champagne, baisers dans le creux de la main.

Pour l'heure, Annie reposait dans les draps de soie de l'immense lit en forme de conque du duplex. Elle était divorcée, avait eu pas mal d'aventures et ne roulait pas sur l'or. Au lit, elle n'avait pas été farouche, elle savait faire déjà deux ou trois trucs et elle aimait ça. Ce ne serait pas difficile de la mettre au turbin après un rapide apprentissage.

Slimane était donc heureux ce jour-là, l'œil vif et la prostate légère. Lorsqu'il sortit de l'ascenseur, cuivre et acajou, qui desservait directement son appartement, il alluma une cigarette, inhala avec une profonde satisfaction la fumée et appuya sur la commande à distance qui ouvrait les portes de sa voiture. Il mettait un pied dans le coupé Porsche 944 tout neuf et se pliait pour entrer dans le bolide surbaissé quand il sentit une présence derrière lui.

Il tourna la tête. La balle entra dans l'œil gauche, fit beaucoup de dégâts dans le cerveau et envoya Slimane s'affaler à l'intérieur du fleuron de l'industrie teutonne dont le cuir odorant, une des nombreuses options qu'il avait choisies lui-même de sa prison, fut irrémédiablement taché.

Bien entendu Slimane était un mac, un vrai, un grand, pas un de ces minables qui prostituent leur mère, leur femme ou leur sœurette, pas un de ceux qui vivent chichement des charmes décatis d'une gagneuse ringarde. Slimane, c'était le proxo de haute volée, le gros maillon d'une chaîne qui fournit les Eros-Center du nord de l'Europe, les bordels chics des capitales, les claques plus ou moins camouflés des villes moyennes, les baraques sordides des chantiers où Portos et Maghrébins barattent leur sperme dans des vagins exténués. Slimane, c'était le Marché Commun de la fesse avec de sérieux débouchés en Afrique, au Moyen-Orient, en Amérique latine.

Il avait très bien vécu en prison. Surtout grâce à Mohand, son frère, qui avait veillé à ce qu'il ne manquât de rien. Mieux, le frère avait su agrandir le territoire et faire fructifier leur gagne-pain.

On racontait que Mohand avait réussi à soudoyer, à coups de millions, des gardiens des Baumettes pour qu'ils laissent de temps en temps entrer une pute déguisée en infirmière. Un magistrat fermait les yeux, un homme politique fermait sa gueule et toute la ville le savait. On en riait car c'était bien la première fois qu'un mac payait pour baiser. On était à Marseille.

La sortie de prison s'était faite en fanfare. Une journaliste et un photographe du *Provençal* avaient même risqué leur peau en refusant d'aller faire un reportage sur cette pantalonnade.

Slimane était apparu en costard trois-pièces, chemise de soie et cravate lilas sous les acclamations de ses potes et d'une dizaine de putes. Comme pour un mariage, des voitures rutilantes avaient sillonné la ville en klaxonnant, toute une faune braillant aux portières. Un grand restaurant servit une centaine de couverts, le champagne coula à flots, ce fut une sacrée fête, le bonheur retrouvé.

Slimane était tombé par malchance. Les filles se plaignent rarement de leur mac, surtout d'un Slimane vindicatif comme une hyène, dangereux comme un cobra et copatron d'un vaste réseau de traite des Blanches où tous les coups foireux s'estompent car trop de gens bien placés y sont mouillés soit en tant que clients, soit comme actionnaires. L'ennui, c'est qu'en remontant leurs filets à la hauteur de Cary-le-Rouet des pêcheurs ramenèrent le cadavre martyrisé d'une adolescente qui n'avait pas seize ans. Slimane avait commis trois erreurs : La première de se fier à la fausse carte d'identité d'une gamine qui paraissait beaucoup plus que son âge et qui avait réussi par on ne sait quelle combine à se procurer des papiers qui la vieillissaient de quatre ans. La deuxième, de s'être chargé lui-même de régler son compte à cette récalcitrante alors qu'un deuxième couteau aurait pu s'en charger. La troisième, de n'avoir pas pensé que la fille avait pu laisser une lettre ou des écrits.

Or l'adolescente, quelque temps avant que Slimane s'en occupât définitivement, avait envoyé, à sa copine du foyer de la D.A.S.S. d'où elle s'était enfuie, son journal intime. Dans un cahier d'écolier, en un français phonétique de petite fille presque analphabète, elle racontait par le menu sa galère à travers toute la France, la colle, le hasch, la clochardisation, le Kiravi pas frais. Elle racontait comment près de la gare Saint-Charles, à Marseille, elle était tombée sur des gars sympas qui l'avaient présentée à Slimane. Elle décrivait comment il l'avait prise en main, lavée, habillée, dopée même à la coke. Avec candeur, elle parlait de ses illusions, de son grand amour déçu, des sévices pour la contraindre à se prostituer, des menaces de mort.

En France, quand on retrouve une pute flottant entre deux eaux ou calcinée dans un endroit discret on ne va pas chercher bien loin. On parle de règlement de compte, de filles ayant désobéi, de punition, et on s'en accommode, flics et public, car la rédemption du péché de chair semble toujours passer par une mort atroce comme au bon vieux temps de la lapidation.

Heureusement, pour une fois, la presse fouille-merde servit à quelque chose ; elle publia des photos, montra l'environnement de la malheureuse, l'H.L.M. lépreux, les parents alcoolos, le grand frère obsédé, le petit frère dégénéré.

Les grands médias embrayèrent, l'opinion publique se révolta. La France vit toutes ses filles devenir des putains. Slimane ne fut pas condamné à mort mais il prit le maximum d'autant qu'un juge d'instruction, en mal de pub, réussit à lui faire porter le chapeau du meurtre d'une prostituée de la région de Toulouse. Le comble. Slimane en bava de rage.

Une fois le procès passé, les passions apaisées, l'oubli vint ; les appuis jouèrent. Slimane le proxénète sadique eut la belle vie en taule. Le tueur qui prenait son pied en avilissant, en martyrisant des femmes occupa son temps entre la télé, la salle de musculation et le terrain de sport.

Un jour, par on ne sait quelle application pervertie de la loi, il bénéficia d'une remise de peine. Pas pour longtemps.

CHAPITRE III

Pour les frères Chenavier ce fut aussi facile, mais il fallut plus de temps. Le temps qu'ils se retrouvent ensemble car pour des raisons diverses, ils ne furent pas libérés la même année quoique condamnés à la même peine.

Comme il y a vingt ans, avant d'être incarcérés, l'un d'entre eux, le premier sorti, trouva une vieille maison presque en ruine, à l'écart d'un village. On la lui laissa pour presque rien car elle était située en bout de piste d'un grand aérodrome et même un Parisien à l'affût de l'affaire du siècle n'aurait pu vivre là.

Les avions passaient à quelques mètres au-dessus du toit. Les rugissements d'apocalypse des gros porteurs n'eurent pas l'air d'incommoder le premier Chenavier qui se mit à rafistoler la masure en attendant les deux autres qui arrivèrent à quelques mois d'intervalle et s'installèrent sans se préoccuper des nuisances.

Le maire de la commune apprit qu'ils avaient fait de la prison et la nouvelle fit vite le tour du pays. On interrogea les gendarmes qui devaient les visiter régulièrement mais ils furent avares de détails.

Comme les choses s'étaient produites ailleurs, les villageois ne cherchèrent pas trop à savoir. Ils firent la leçon aux enfants, évitèrent d'aller se promener de ce côté-là et on oublia presque ces trois types dépenaillés vivant en autarcie.

Plus de vingt ans en arrière, les Chenavier avaient vécu dans un autre village, plus au nord-est, à la limite de l'Ain et du Jura, un patelin plus sauvage, plus retiré, où la vie était rude, les gens accueillants, mais c'était une autre époque.

En ce temps-là, on avait besoin de gens solides pour des tas de boulots : les coupes de bois, les fenaisons, vider les étangs, clôturer des alpages. Nul ne savait d'où ils venaient. Ils vivaient dans une ancienne maison forestière sans électricité, dans la crasse, tirant l'eau d'un puits au milieu de la cour.

Ils disparaissaient, parfois plusieurs jours, dans une vieille Citroën qu'ils avaient retapée. Les mâles du pays disaient en riant qu'ils allaient tirer un coup à la grand-ville. Ce n'est que plus tard qu'on comprit le fin mot.

Régulièrement, ils passaient à l'unique bar-tabac qui faisait aussi office d'épicerie. Ils s'approvisionnaient de l'essentiel, buvaient un petit blanc du Bugey et, le dimanche, un verre de Cerdon. Ils avaient un crédit dont le patron ne s'occupait pas, laissant ce soin à sa femme, une personne sympathique, travailleuse, un peu forte, du genre de ces femmes saines et appétissantes qu'on voit sur les tableaux des peintres flamands.

Elle n'était pas trop regardante sur le crédit des

Chenavier et souvent elle effaçait l'ardoise avant que tout soit payé. Elle les plaignait ; sans doute, parce qu'elle avait un frère qui avait la même dégaine et qui, à époques variables, revenait affamé et hirsute, se requinquer chez sa frangine.

Ils choisirent une heure où le village était désert, chacun occupé par son labeur quotidien. Ils fermèrent à clef la porte du commerce et entrèrent dans la cuisine par la petite porte située derrière le bar.

Elle repassait en chantonnant et fut étonnée de les voir là. Bonne fille, elle leur sourit quand même.

Ils commencèrent par la rouer de coups, puis pendant des minutes qui durent représenter des siècles ils s'amusèrent à la torturer pour lui faire avouer où elle cachait ses économies. Le Dédé la viola, ce qui donna des idées aux deux autres. Elle mourut les seins découpés à l'Opinel et sous la énième brûlure de cigarette.

En partant, ils étranglèrent sa mère paraplégique qui, de son fauteuil, avait été contrainte d'assister à tout. Heureusement, les enfants étaient à l'école. Le mari était loin, sur une coupe de bois.

Ils avaient cru ne laisser aucun indice pouvant les trahir mais les gendarmes les soupçonnèrent aussitôt. Sur le Tonin, le plus jeune, ils trouvèrent la chaîne en or de la commerçante, sous une pierre de la cheminée, son alliance et quelques billets tachés de sang. Pire, ils découvrirent d'autres objets qui les menèrent vers des meurtres commis dans d'autres villages, d'autres départements où des petites vieilles et des couples isolés avaient été torturés pour de maigres économies.

Au procès, on compara les Chenavier aux chauffeurs du moyen âge, ces soudards qui écumaient les campagnes, semant la mort et l'horreur, brûlant les pieds des braves gens pour leur soutirer quelques pièces.

Les Chenavier sauvèrent leur tête grâce à la plaidoirie d'un avocat célèbre qui les fit apparaître comme ne jouissant pas de toutes leurs facultés mentales ; il osa dire, aussi, que la victime avait le cœur fragile. Ils furent condamnés à perpétuité. Dix-neuf ans après ils étaient dehors.

Ils étaient même tous les trois dans la cour de leur méchante demeure lorsqu'ils virent la bagnole s'arrêter sur la route à trois cents mètres de chez eux. Un type bien habillé en descendit, un attaché-case à la main. Au lieu d'emprunter le chemin défoncé qui menait à la maison, il leur fit un grand signe amical de la main, passa sous un fil de fer barbelé et vint vers eux à travers champ.

Que pouvait vouloir ce type ? Un flic, un employé de l'administration ? Il était trop bien habillé. Un représentant de commerce, un démarcheur en assurances ?

Les trois Chenavier se regardèrent, une lueur mauvaise dans leurs yeux porcins. Ils se comprirent. Ils étaient chez eux, loin de tout, sans témoin. Depuis longtemps ils n'avaient pas esquinté quelqu'un. Ils allaient bien s'amuser.

Le type marqua un temps au milieu du champ, il n'avait pas l'air pressé. Il posa son attaché-case et alluma une cigarette. Ils ne dirent rien et le laissèrent s'approcher. Lorsqu'il fut à une vingtaine de mètres, le Tonin péta, le Dédé se gratta les couilles, l'aîné, le Louis, interrogea :

— Eh, mec, qu'est-ce que tu viens foutre ici ?

— J'attendais que vous soyez réunis, répondit l'inconnu.

— Tu nous connais, Ducon ? Nous, pas, mais on va t' faire ta fête.

— Toujours aussi méchants, hein, vous n'avez pas changé.

L'homme eut un vague sourire, en disant cela, comme un peu triste. Les Chenavier avancèrent, sûrs d'eux, les mains dans les poches, dans le style western-crado. Ils n'étaient plus qu'à dix mètres, jouissant de leur violence à venir.

Le type tira une longue bouffée de sa cigarette qu'il garda collée dans un coin de la bouche. Il sourit encore d'une manière entendue, pas du tout provocatrice. Il plaça l'attaché-case sur le toit d'une voiture toute déglinguée qui reposait sans roues sur quatre moellons. Il ouvrit l'attaché-case.

Un 747 décollait et n'allait pas tarder à passer au-dessus de la maison. L'inconnu dégagea de la petite valise un pistolet-mitrailleur. Les trois salauds n'étaient plus qu'à cinq mètres.

L'homme enclencha le chargeur, arma dans le même temps en tirant sur la culasse et, parfaitement synchronisé, au moment où le 747 passait, il vida tout le chargeur sur les Chenavier qui moururent avant de toucher terre. Il jeta le P.M. sur le corps du Louis, réajusta ses gants de peau, se baissa pour ramasser une douille vide et y logea son mégot.

CHAPITRE IV

Depuis les événements qui avaient entraîné la mort de sa compagne et les règlements de comptes qui avaient suivi, Curveillé avait vécu tant bien que mal en s'abrutissant de travail. Plus d'un an avait passé et la perte de Lola lui faisait toujours aussi mal[1].

Il avait réorganisé son affaire de dépannage en tout genre en y associant sa secrétaire, Sabah, une maghrébine de rêve qui avait prouvé qu'en son absence elle pouvait faire tourner la boutique aussi bien que lui.

Curveillé aurait sombré dans la déprime s'il n'y avait eu les copains, les vrais, ceux qui apportent tout et ne demandent rien, ceux à qui on peut téléphoner à n'importe quelle heure du jour et de la nuit, ceux qui débarquent avec une bouteille de Scotch, sans rien dire, simplement parce qu'ils ont deviné que ça ne va pas bien.

Saryan, le vieux mafioso lyonnais, avait été irréprochable dans une dette qu'il estimait devoir jusqu'à sa mort. Curveillé, en les sauvant, lui et sa

1. Be-Bop à Lola. Suie Noire 2180.

petite-fille, avait généré l'assassinat de Lola mais il n'en voulait pas au vieil Arménien, c'était le destin.

Il avait vis-à-vis de cet homme un sentiment complexe qui relevait à la fois de la fascination et de la répulsion. Saryan comprenait les états d'âme de son ami, ne s'en offusquait pas et lui vouait une affection profonde, affection qui dépassait le stade de la simple reconnaissance. A l'occasion, Curveillé déjeunait dans un bon restaurant avec Morizio, le chauffeur, garde du corps et homme à tout faire de Saryan. Avec lui, il entretenait aussi une amitié ambiguë. L'homme lui avait sauvé la vie, il ne s'embarrassait pas de scrupules. Curveillé appréciait plus que de raison l'énigmatique Sicilien dont le savoir-faire dans l'illégalité frôlait le génie.

Ils ne parlaient jamais de leur passé commun, trop douloureux, trop lourd de conséquences. Simplement, Curveillé aimait bien écouter Morizio lui conter son enfance miséreuse à Syracuse, la contrebande des cigarettes américaines, la guerre d'Espagne et son engagement dans les Brigades Internationales à 15 ans. Sur le reste de sa vie il demeurait très évasif.

Régulièrement, Curveillé se rendait chez Saryan. Il connaissait bien le chemin de la splendide propriété de Charbonnière sur les hauteurs de Lyon. Il y était accueilli en héros par la famille du richissime homme d'affaires qui s'ingéniait à ce qu'il soit traité comme un prince. Les mets étaient toujours raffinés, les crus de première qualité.

Chaque fois, le Lyonnais était étonné de ce luxe et se moquait de lui-même quand, gavé, il s'en retournait, culpabilisé de devoir tous ces plaisirs au commerce des armes et à des tractations louches, quelque part à l'autre bout du monde.

Chacun a sa langue de bois, chacun a un copain pas très reluisant et s'en accommode, se disait-il et il attribuait ses états d'âme à son côté chrétien. Après tout, comme le lui avait expliqué Saryan, que ce soit les gouvernements de droite ou de gauche, tous faisaient appel au grand marchand d'armes lorsqu'ils ne pouvaient négocier officiellement un marché juteux avec l'Afrique du Sud ou un pays arabe qui n'était pas en odeur de sainteté. Alors, il ne fallait pas être plus royaliste que le roi.

Ce qu'appréciait par-dessus tout Curveillé c'était, après le repas, de passer dans le vaste salon lambrissé de merisier exclusivement voué à l'écoute de la musique. Là, dans une lumière douce dispensée par des appliques, confortablement installé dans un énorme fauteuil en cuir, un verre de pur malt à portée de la main, il passait la fin de la soirée à écouter les Big-Bands de Jazz pour lesquels Saryan avait une véritable passion.

Ses moyens lui avaient permis de constituer une discothèque inimaginable pour un simple mélomane. Entre autres, tout Count Basie, tout Duke Ellington mais aussi Benny Moten, Chick Webb, Don Redman, Luis Russell. Curveillé se repaissait du Blue-Rythm-Band avec le trompettiste Charlie Shavers et le pianiste Billy Kyle et ne se lassait pas de réécouter Tuxedo Junction par l'orchestre de Erskine Hawkins.

— J'ai quelque chose que vous ne devez pas connaître, disait Saryan d'un air faussement détaché.

— Ah oui, encore un inédit du Duke sorti par son fils Mercer, répondait Curveillé.

— Pas du tout, mais c'est effectivement avec les gens du Duke, quelques-uns du moins, et dirigés par Johnny Hodges.

— Evidemment, si vous me prenez par les sentiments, disait en riant Curveillé.

— Ecoutez, c'est du grand art, une plage qu'on ne trouve pas dans les morceaux choisis et qui mérite pourtant d'être dans toutes les anthologies...

— Et c'est... ?

— Dust Bowl.

C'était encore une découverte pour le Lyonnais qui, bien qu'ayant une nette préférence pour la période Bop, avait des goûts jazzistiques éclectiques qui lui permettaient selon ses états d'âme d'écouter Jelly Roll Morton un jour et le lendemain Ornette Coleman ou les grands du Swing comme c'était le cas avec Saryan.

Lorsqu'il se faisait très tard, il se levait pour partir, mais le vieil homme avait toujours une dernière nouveauté pour retarder le plus longtemps possible une séparation qui lui coûtait comme s'il craignait que ce soit la dernière fois qu'ils se voyaient.

— Vous savez que vous avez une chambre à vous, ici, disait-il.

— Disons plutôt un appartement.

— La maison est vaste. En dehors de vous et de ma famille, je ne reçois presque plus personne.

— Et les affaires alors ?

— Je décroche peu à peu. Il est temps mais ce n'est pas facile.

— Et vous n'avez que des filles. Vos gendres ont

de très belles situations qui n'ont rien à voir avec vos occupations.

— C'est bien là le problème. Vous seriez intéressé par la succession ?

Derrière le sourire reptilien du vieil homme et son masque parcheminé, Curveillé avait senti que ce n'était pas une question en l'air et que la remarque d'apparence anodine était sérieuse. Il en eut une sorte d'éblouissement, un vertige, sentant toute cette puissance à sa portée et il eut aussitôt le sentiment de s'être trop avancé, que l'affection que lui portait l'Arménien devenait encombrante. Il s'exclama un peu trop fort, un peu trop vite.

— Sérieusement, vous me voyez en mafioso ?

Aussitôt, il regretta ses mots car il sentit qu'il venait de faire de la peine à son hôte. Gêné, presque honteux, il changea de conversation.

— J'ai l'impressison que vous ne dormez jamais.

— Oh très peu. Depuis de nombreuses années je dors trois heures par nuit, répondit Saryan qui, lui aussi, avait compris qu'ils s'étaient engagés sur un terrain glissant. Je crois que c'est le lot de toutes les personnes âgées qui savent que leur temps est compté et qui, dans le silence de leurs nuits, se passent le film de leur vie.

— Diable, vous n'êtes pas très gai.

— Oui, ma femme et mes filles me le disent très souvent mais mon cinéma intérieur me renvoie des images impossibles à gommer.

— Bien sûr, Kars, Erzurum, puis Smyrne : Arméniens, juifs, et tziganes, les génocides ont fait autant de mal aux survivants qu'aux morts.

Saryan hochait la tête, tapotait l'épaule de Curveillé pour traduire sa satisfaction d'être compris. Il choisissait un autre disque, et lui, le richissime homme d'affaires, lui, qui pouvait en un jour fournir de quoi équiper une armée, lui, dont la fortune était incalculable, avait des trésors de délicatesse pour extraire un disque de sa pochette, le poser sur la platine et le brosser finement.

En le voyant procéder, Curveillé pensait qu'il ne connaissait qu'une autre personne au monde capable d'un tel respect, Marie-Christine, une copine prof de lettres classiques, qui avait une telle passion de la littérature qu'elle faisait aimer un livre rien qu'en le sortant de sa bibliothèque.

Très rarement, Curveillé restait pour dormir dans le vaste palais gardé par un groupe d'individus avares de paroles mais omniprésents dans les abords immédiats. Cette violence latente l'effrayait. Ce n'était pas son monde. Il lui fallait sa rue, la rue Mercière, dans le deuxième, au cœur de Lyon, dans la presqu'île entre Saône et Rhône. Il y était comme une anguille dans un vivier, sans cesse en mouvement, connaissant tout le monde, aussi bien les éboueurs que les patrons ou les serveurs des restaurants, le musicien du piano-bar que l'écailleur vantant ses fruits de mer au coin de la rue Ferrandière.

Curveillé avait son entreprise de dépannage en tout genre dans la moitié nord de la rue et il habitait au-dessus, dans un duplex ultra-moderne où trônait une impressionnante chaîne stéréo à laquelle, depuis peu, il venait d'ajouter un lecteur laser.

La rue, récemment rénovée, avait été le quartier chaud de Lyon. Les dames étaient parties tapiner ailleurs mais, parfois, une ou deux s'y égaraient et c'était comme le folklore, un retour du vieux temps.

CHAPITRE V

Il était dix heures du matin et Curveillé cassait la croûte, une habitude qu'il avait prise à l'époque où il se levait aux aurores. A cause de son métier, il était encore obligé d'être très matinal et déjeunait toujours à la va-vite d'un bol de thé et de deux ou trois toasts beurrés. Par contre, le petit grin-grin du milieu de matinée était sacré. Il ne sacrifiait jamais ce moment qui conjugue une nécessité biologique et un rite, plaisir suprême des lève-tôt.

Quand il n'était pas à l'autre bout de la ville, il s'attablait derrière le Bar de la Rue, un bouchon typique lyonnais, avec tout un monde d'artisans et de petits commerçants : un boucher et ses tueurs, un boulanger, un fleuriste, parfois un garçon-livreur, souvent le chef d'un restaurant de luxe qui traversait La Rue pour échapper à ses pianos.

Chacun allait et venait suivant ses horaires et les impératifs de son travail. Pas de carte, pas de commande, le patron plaçait devant chacun une portion du plat qu'il avait concocté ce jour : plat de côtes, lapin à la moutarde, pieds de porc panés, tripes grillées, du solide. Chacun avait droit à un couvert, un pot de beaujolais et une grande serviette en coton. On finissait avec un fromage, un Saint-Marcellin mou et coulant. Chacun payait son écot. Ce n'était pas donné mais qualité et quantité, ça se paye.

On se quittait. A demain ? Peut-être. Sinon le petit mange-mange se faisait ailleurs, à la Croix-Rousse, à la Mule, à Gerland, suivant le même processus, dans un cani identique, avec d'autres hommes à l'indifférence calculée qu'ont les individus sérieux lorsqu'ils ont du plaisir à se retrouver entre eux.

Ce matin-là, la queue de bœuf préparée à l'ancienne, façon pot-au-feu, était un grand plat de gastronomie populaire, un régal d'initié. Repu, Curveillé posa sa serviette et recula sa chaise pour se lever lorsque le patron lui tendit le journal en disant.

— Vous avez vu ce carnage, ils n'y sont pas allés de main morte.

— C'est à quel propos ?

— Lisez, on se croirait au Far West.

Le patron n'étant pas habituellement d'un naturel causant, Curveillé, pour montrer à quel point il appréciait un tel flot de paroles, lut très attentivement l'article du *Progrès* relatant l'assassinat des frères Chenavier.

C'est à la fin qu'il tiqua. Parmi les rares détails fournis aux journalistes par les gendarmes, il était mentionné que l'arme du crime était une vieille MAT 49 et que, dans une douille de 9 mm que le tueur avait sciemment laissée sur le terrain, on avait trouvé un mégot écrasé.

Curveillé se leva, rendit le journal, ne dit rien, même pas au revoir, ce qui était contraire à son sens des relations. Il sortit et resta les mains dans les poches, planté sur le trottoir, songeur.

CHAPITRE VI

L'homme avait à peine entrebâillé les volets et seul un œil inquisiteur ou celui de la propriétaire aurait pu se rendre compte de cette légère modification dans la façade de la maison. A l'aide de vieilles jumelles de l'armée, il observait ce qui se passait dans deux chambres communicantes de l'Hôtel Mercure à deux cents mètres à vol d'oiseau.

Il avait beaucoup étudié l'environnement de la cible, comme il le faisait toujours, et avait choisi cette maison inoccupée, située sur la commune de Chasse-sur-Rhône, à une vingtaine de kilomètres au sud de Lyon sur la rive gauche du fleuve. Au bistrot du coin, prétextant qu'il cherchait à louer une maison, il avait appris que ce ne serait pas possible pour celle-là car elle appartenait à une vieille dame qui vivait chez son fils presque toute l'année mais remontait du midi à l'époque des grosses chaleurs.

Le plus compliqué avait été de s'introduire dans la maison car crocheter des serrures n'était pas son fort. Il entrait et sortait la nuit, respectant le logis d'autrui comme s'il fut le sien. Il ne touchait à rien, amenant ses provisions, sa boisson, son papier hygiénique et repartirait en laissant la maison comme il l'avait trouvée.

La villa, un peu isolée, si on peut parler d'isolement dans une région où la densité humaine laisse peu de place aux grands espaces, était entourée de jardins ouvriers, un patchwork de petits carrés minutieusement travaillés avec chacun sa cabane range-outils construite de bric et de broc. C'était un paysage de banlieue ouvrière du début du siècle où les usines et les hauts-fourneaux ont laissé des cicatrices conférant ce caractère tristounet qui fait penser que si les gens restent là, c'est parce qu'ils y sont nés.

Celui qui avait eu l'idée d'implanter un hôtel quatre étoiles dans ce secteur avait dû faire une sacrée étude de marché car il ne paraissait pas du tout évident d'installer un hôtel de luxe dans un périmètre aussi déprimant, délimité, qui plus est, d'un côté par la ligne de chemin de fer et de l'autre par l'autoroute les plus fréquentées de l'hexagone. Mais, après tout, les gens vont à l'hôtel pour dormir ou baiser, parfois les deux, et se foutent de ce qui se passe à l'extérieur pourvu que, dans le cocon, tout soit parfait.

Le fait que la villa soit construite sur une légère hauteur lui donnait l'avantage d'avoir une vue plongeante dans les chambres qui, pour la plupart, étaient occultées par des rideaux épais.

Les chambres qui l'intéressaient avaient toujours les rideaux ouverts mais on ne voyait bien à l'intérieur que le soir, lorsque toutes les lumières étaient éclairées, et le matin vers dix heures en raison de la position du soleil et de la luminosité générale.

Trois hommes vivaient dans les deux chambres, trois truands, deux qui, de voyous notoires, s'étaient hissés à la position enviée d'hommes de confiance du troisième, personnage important du grand banditisme, M. Dumont, dit Dudu pour les intimes et il en avait peu.

Depuis sa libération de prison, il n'était pas rentré dans ses meubles, son opulente maison de la Vallée de l'Azergue, un des nec plus ultra du fric lyonnais, pas plus que dans son mas sur les hauteurs de Menton, son appartement à Paris, son chalet tout neuf aux Arcs. Non, il se terrait depuis quinze jours, planté au téléphone, interrogeant à gauche, à droite, prenant des contacts, terrorisé car il croyait savoir qu'un contrat avait été lancé contre lui. Il ne comprenait pas. Qui pouvait lui en vouloir ? Croyait-on qu'il avait cafté ?

Il n'était pourtant pas du genre bavard. Le juge d'instruction n'avait rien pu tirer de lui malgré les ruses, les promesses, les menaces habituelles. Dumont avait fait la carpe, les gros yeux, la bouche en rond, ne laissant jamais rien filtrer, ni états d'âme, ni confidences, faisant bien sentir qu'il avait le temps, que le temps passerait, que les autres s'y useraient.

M. Dumont ne donnait pas dans le trafic des cartes de crédit volées, ni dans le racket, encore moins dans le commerce des filles ou le maquillage de voitures de luxe. M. Dumont donnait officiellement dans l'immobilier et officieusement dans la commandite de grosses affaires crapuleuses. Ainsi, les plus beaux immeubles de la région Rhône-Alpes, c'était lui, les plus gros hold-up en France, c'était lui.

Enfin, pas tout à fait, car la commandite suivant la définition du Petit Larousse est une société commerciale dans laquelle une partie des associés apporte des capitaux sans prendre part à la gestion. Dumont était producteur mais ne s'occupait ni de la régie, ni de la réalisation.

Ainsi, quelque part en France, un type, pas n'importe qui, quelqu'un avec de sérieuses références avait l'idée d'un coup fumant, d'un hold-up mirobolant. Il manquait de moyens. Tout naturellement il s'adressait à M. Dumont. C'était assez long, compliqué, plein de sas pour protéger l'anonymat du grossium. Celui-ci examinait le projet et sa décision était sans appel. Il avançait l'argent nécessaire pour que le type s'organise, monte une équipe, achète le matériel, les armes, les explosifs, aille au vert s'entraîner le temps nécessaire dans les meilleures conditions possibles. Il ne donnait pas de conseil, aucune adresse, aucun numéro de téléphone. Si le type avait besoin de compléter son groupe avec un égoutier, un spécialiste en coffre-fort, s'il lui fallait une lance à percer le béton ou du matériel de plongée, il devait se débrouiller seul.

Par contre, s'il avait besoin de dix, trente, cinquante bâtons, suivant l'importance du projet, aucun problème, M. Dumont casquait, prenait le risque de tout perdre et cela se savait.

Les casses des centres de tris postaux alsaciens, c'était un surdoué commandité par Dumont. Les banques du midi, c'était un Corse exceptionnellement laborieux, managé par Dumont. Les fourgons inviolables de la société Titan, implosés par des roquettes, c'était un virtuose du bazooka dont le projet présenté avec la minutie d'un décolleteur savoyard avait plu à Dumont. L'attaque d'un magasin Cartier ou d'une banque centrale relève de nos jours du génie et de plusieurs mois de préparation nécessitant d'importants investissements. Dumont était là.

De temps en temps, un truand se faisait prendre et s'il était assez prolixe pour décrire comment il avait monté son coup, tous les artistes ont leur vanité, au moment de donner l'origine de son financement, il devenait sourd et surtout muet, car il n'était plus question d'années et de jours de prison mais de vie ou de mort. Ce n'est un secret pour personne que beaucoup de gens se suicident en prison sans qu'on sache vraiment si c'est par désespoir ou parce qu'on les a beaucoup aidés. Dans le Milieu, on sait faire la différence, alors cela suffit.

L'appartenance de Dumont au grand banditisme n'était ignorée d'aucun flic et magistrat du pays. C'était le secret de polichinelle alimentant souvent des conversations désabusées mais aussi rageuses car, sans preuve, il fallait subir. L'homme qui jouait au grand bourgeois et au bon père de famille était l'instigateur, le complice d'opérations qui se terminaient souvent dans le sang. Dans les banques, des innocents payaient de leur vie l'affolement d'un troisième couteau ; sur un trottoir, un gosse avait été tué dans les bras de sa mère, des convoyeurs avaient grillé dans leur fourgon, une femme enceinte était morte de peur. La liste était longue et Dumont prenait un plaisir évident à ce qu'on le suspectât sans pouvoir le confondre. Certains coups avaient atteint plus de deux milliards de centimes.

Combien Dumont prenait-il ? Nul ne le savait. C'était suivant le contrat entre les acteurs et lui. La police, les Renseignements Généraux, le fisc voyaient réapparaître le fric, un beau jour, lavé dans les machines à sous, les casinos, les courses de chevaux.

Un magistrat, plus sensible à la honte que d'autres, avait durant deux ans fait suivre Dumont par une équipe de policiers épiant ses moindres faits et gestes. Toute sa comptabilité avait été passée au crible et on n'avait même pas pu le faire tomber, comme Al Capone, pour fraude fiscale.

On l'avait coincé pour conduite en état d'ivresse, excès de vitesse et port d'arme illégal. Ce soir-là, dans la grosse voiture, il avait à ses côtés un jeune homme mineur, aux mœurs sans équivoque, que la police eut bien du mal à convaincre de parler de certaines pratiques de M. Dumont. Celui-ci ne se départit de son calme qu'à ce propos, ce qui permit non seulement de l'inculper d'outrage aux bonnes mœurs mais aussi d'outrage à magistrat.

Piètre consolation. On avait fait le plein. Bien entendu, il fut défendu par une série d'avocats prestigieux et condamné à une peine dérisoire. Il vit même son temps d'incarcération réduit car il avait fait preuve d'un bon état d'esprit en passant un C.A.P. de cuisinier. C'était se foutre de la gueule du monde mais, en France, la cuisine est notre faiblesse.

En prison, Dudu eut la télé, la Hi-Fi, champagne, foie gras, menus sélectionnés et un mignon attitré. Noël quoi. Il continua de mener ses petites affaires sans contrainte et tout se serait bien fini si certaines informations n'avaient filtré et n'étaient venues assombrir la fin de son temps carcéral. Il avait appris que quelqu'un dehors cherchait à connaître sa date de sortie.

A grands coups de biftons de cinq cents balles, il avait voulu en savoir plus mais c'était resté secret. Aussi, en sortant, pour assurer ses arrières, il avait préféré s'installer au dernier étage d'un grand hôtel isolé, mais il y devenait de plus en plus nerveux car personne, parmi tous les contacts qu'il avait eus, n'était capable d'affirmer ou d'infirmer ce qu'il craignait.

Il était dix heures du matin. L'air avait cette transparence qui minimise les erreurs de parallaxe entre une fenêtre à double vitrage et une lunette vissée sur un fusil de guerre. Le croisillon de la forte lentille suivait la tête de Dumont. Le tireur avait entouré son coude de la bretelle de l'arme. Il s'était reculé de deux mètres en arrière dans la pièce. De l'extérieur, on ne verrait ni la flamme, ni la fumée du coup de feu. Le canon du fusil était posé sur le dossier d'une chaise ancienne. Le tireur, à genoux, totalement immobile, formait un bloc monolithique avec son arme. Le croisillon de la lunette s'immobilisa sur le crâne de Dumont qui téléphonait, un T.G.V. passa derrière la maison dans un sifflement puissant. L'homme bloqua sa respiration, le coup partit, tonitruant dans la pièce, noyé, inaudible à l'extérieur. Dumont fut projeté contre le mur, le crâne éclaté. Les bras et les jambes écartées, grotesque, il y glissa comme un gros crapeau, laissant sur la tapisserie un point d'exclamation sanglant. Les deux autres truands s'étaient incrustés dans la moquette et mirent plus d'un quart d'heure à se rendre compte qu'ils n'intéressaient personne.

CHAPITRE VII

Pour Bessay, les enquêteurs crurent connaître aussitôt le meurtrier. Le juge d'instruction chargé de l'affaire réclama aux archives de la Télévision une copie d'un débat à propos du procès qui, en son temps, avait eu un retentissement énorme, à la fois par l'horreur des crimes avoués et aussi parce que l'assassin n'avait pas été condamné à mort.

Le débat télévisé ne volait pas très haut, un affrontement entre partisans et défenseurs de la peine de mort. Il n'avait servi qu'à exacerber les passions. Seul, un homme était resté digne, les larmes aux yeux, se demandant ce qu'il était venu faire dans une telle foire. C'était le père d'une des victimes.

On l'aurait, peut-être, oublié, si le réalisateur n'avait pas insisté, en gros plan, sur le visage émacié de cet homme rongé par une détresse presque palpable. A la question posée par un journaliste sur ce qu'il pensait du jugement, il avait répondu :

— Je pourrais donner mon avis sur les lois de mon pays, sur la façon dont on les interprète et les applique mais à quoi bon. Ce que je sais, c'est qu'entre la peine de mort et la peine à perpétuité la différence n'est pas entre la mort et la vie mais entre la mort et la liberté. Dans le premier cas, c'est définitif. Dans le second, les portes de la prison s'ouvriront tôt ou tard. La mort aurait empêché ce criminel de recommencer et de porter le malheur dans d'autres familles. Il a été condamné à perpétuité. Nous savons, lui le sait, qu'un jour il sera libéré. Alors, je dis aux juges, aux avocats, aux responsables du monde carcéral qu'ils ne doivent pas oublier cet individu, que celui-ci ne doit bénéficier d'aucune remise de peine et qu'il doit finir sa vie en prison. S'il en sortait un jour, c'est moi qui le tuerais.

C'était en direct. Pas moyen de couper. Depuis, à la suite de deux ou trois incidents de ce genre, on fait du différé, plus souple, plus pro, on peut gommer. Là, avant que les participants se ressaisissent, un silence glacial couvrit le plateau. Le Français de base devant sa télé sentit que ce n'était pas du chiqué ; il en frémit dans ses charentaises. Un grand moment. Ce type accomplirait, avec haine et sans crainte, ce qu'il avançait.

En visionnant les images et en entendant ces paroles le juge d'instruction exulta. Il tenait l'assassin de Bessay. Un bon coup médiatique ne ferait pas de mal à sa carrière. Il convoqua la presse, expliqua son raisonnement, ce qui était contraire aux règles de la procédure, mais c'était devenu une manie chez les juges de vouloir jouer les stars. Il mit, tout de même, plusieurs jours pour découvrir que le père de la fillette gisait, à la suite d'un cancer, dans un tombeau non entretenu et que la mère avait fui un monde trop cruel en se réfugiant dans la folie. Elle triturait sans relâche et sans plus trop savoir pourquoi des papiers fanés et rongés par les larmes, qui avaient été, autrefois, les photos de son unique enfant.

Pour les Chenavier, la police chercha du côté du mari de l'accorte commerçante. Il avait vendu le fonds, sa maison et deux ou trois terres qui lui restaient. On le retrouva, en Belgique, avec ses gosses. Il avait refait sa vie, vivait avec une femme beaucoup plus jeune que lui et gérait une station-service pas très loin du lieu où, dit-on, un Anglais avait foutu la pâtée à Napoléon, ce qui, en toute malhonnêteté, peut être aussi mis en doute, puisqu'un connard professant à Lyon a osé dire que les camps de la mort nazis n'ont pas existé.

L'ancien bûcheron-cafetier-paysan devenu pompiste, le jour du meurtre des Chenavier, bouffait de l'huile sous le carter éclaté de la bagnole d'un de ses clients réguliers.

Pour Slimane et Dumont on conclut à un règlement de comptes.

CHAPITRE VIII

— Ça n'a pas été une nuit facile, dit Curveillé à son associée lors de leur briefing matinal et quotidien, je vieillis.

— Mais non, mais non, répondit en souriant Sabah, vous être encore jeune et beau.

— C'est ça, moquez-vous, en plus.

— Allons, racontez-moi. Beaucoup de télé ?

— Oui, on a dû battre le record du film *le Nom de la Rose*, grâce à un match de foot bidon. Dès que leur poste casse, les gens sont au bord du drame.

— Et c'est bon pour les affaires. Je suppose que, vu votre état de fatigue, la nuit ne s'est pas limitée à dépanner des sportifs en mal de télé.

— Bien sûr. On a fait un super coup. Une fille logée dans un foyer de jeunes travailleurs s'est aperçue en regardant le journal de 23 heures qu'elle avait gagné un gros paquet au loto avec un groupe de copains. Ils ont invité tout le bâtiment et il a fallu organiser une fiesta énorme, avec champagne, foie gras, saumon, caviar, sorbets et un accordéoniste.

— Un accordéoniste ! Pour des jeunes ! Voilà qui n'est pas banal.

— Oui, en effet, mais c'était tous des Ardéchois. Ils ne crachent pas sur le Rock mais comme tous les bedeaux, au moment du spleen, il leur faut les vieux airs du pays.

— Et vous avez trouvé facilement.

— Oui. J'ai téléphoné à Tino, un vieux copain qui donnait autrefois dans le musette. Quand il a su de quoi il s'agissait, il a bondi, trouvé un batteur, un guitariste et un violoneux. Ils ont créé une ambiance d'enfer. Les jeunes voulaient me donner le double de ce que j'avais facturé et, pourtant, vous verrez cela fait une jolie somme.

— Et ensuite ?

— Le lot habituel de clefs égarées et de serrures à crocheter, de baignoires qui débordent et de plombs qui sautent. On a fourni un extra à Orsi, un videur au B.C. Blues, quinze baby-sitters, cinq promeneurs de chiens, trois étudiants pour aider à terminer des devoirs de maths, une dame de compagnie à une insomniaque. On a récupéré une énorme émeraude dans le siphon du lavabo d'une vieille dame très digne. On a fait notre B.A. gratuite en sauvant d'une gouttière délabrée le chat d'une autre vieille dame manifestement dans le besoin. Enfin, un couple nous a demandé de lui trouver deux places dans l'Airbus Lyon-Milan qu'on leur disait archi-complet pour ce matin. C'était vrai. Nous n'avons rien pu.

— Vous n'avez pas chômé ! Je passe du coq-à-l'âne, dit Sabah, mais avez-vous lu les derniers détails de l'affaire Dumont dans le journal de ce matin ?

Non, Curveillé n'avait pas lu le journal. Elle lui tendit le *Progrès*. L'assassinat de Dumont tenait toujours la première page. Pour que Sabah ait fait cette remarque c'était, sans aucun doute, parce qu'elle avait trouvé un détail en rapport avec ce qu'il lui avait dit le préoccuper. Il lut attentivement l'article, analysant chaque mot, guettant les sous-entendus. Ce qui l'intéressait, c'était une douille vide avec l'éventuelle trace d'une cigarette. Inutile de se casser la tête, en toutes lettres, le mégot était là, dans la douille vide.

Les spécialistes en balistique de la Police avaient découvert le lieu d'où était parti le projectile assassin. Dans la chambre de la villa de Chasse-sur-Rhône, sagement appuyé contre un mur, l'arme du crime attendait l'expertise. C'était un fusil de guerre de la Manufacture d'Armes de Saint-Etienne, calibre 7,5 mm, équipé d'une lunette. Le M.A.S. 56 avait été le fleuron de l'armée française durant des décennies jusqu'à ce qu'il soit remplacé par le Clairon, fusil d'assaut pouvant rivaliser avec les meilleurs produits américains ou soviétiques.

Curveillé connaissait bien le M.A.S. 56 puisque c'était l'arme ultramoderne pendant la guerre d'Algérie. On ne la confiait qu'aux tireurs d'élite capables de déloger un fellouze camouflé dans le maquis ou un Sniper de l'O.A.S. planqué derrière le rebord d'une terrasse.

Au début de son service militaire, durant les classes, Curveillé avait eu le tort de gagner un concours de tir. Etre dans les premiers à ce concours donnait droit à trois jours de permission, à la joie de retrouver la famille et surtout de fuir le Centre d'Instruction de Clermont-Ferrand où un capitaine halluciné soumettait les biffins de la 3e compagnie du

92e Régiment d'infanterie à un entraînement sadique. Les trois jours de permission oubliés, Curveillé s'était retrouvé avec l'étiquette de tireur d'élite doté du fameux M.A.S. 56 que tous lui jalousaient et qu'il aurait bien refilé au premier venu. Affecté d'office au stage commando d'Arzew, au bord de la mer, à quelques kilomètres d'Oran, on lui avait forgé des muscles d'acier et des réflexes de grand fauve en un entraînement tellement dingue qu'à côté celui des célèbres Marines américains paraissait un stage pour jeunes filles. Au crapahut dans le Djebel, il était devenu l'instrument de pointe au sein de sa section et, plus tard, dans les rues d'Oran, l'outil indispensable dans la lutte anti-O.A.S.

Presque trente ans après, les images revenaient encore, crues, aussi précises qu'un film vu la veille. D'autres scènes affluaient, se bousculaient entre elles. C'était plus fort que d'habitude, moins resserré dans l'espace cotonneux du temps.

Dans la chambre, les policiers avaient trouvé un cendrier posé au centre de la table ; dedans, l'unique cartouche ayant servi et, à l'intérieur, un mégot.

Merde ! Il ne pouvait pas garder l'idée qui le rongeait sans aller jusqu'au bout de ses suppositions. Il devait en avoir le cœur net. Immobile, ne bougeant pas un cil, Sabah le regardait. Elle connaissait bien ces instants de retour en arrière intenses submergeant, parfois, Curveillé qui semblait s'en aller, sur une autre planète, revivre intensément le vécu. Elle respectait ces moments, un peu terrorisée par la violence exprimée dans ces yeux qui regardaient ailleurs. C'était toujours à propos de l'Algérie ou lorsqu'il évoquait Lola.

Il décrocha le téléphone et appela Yves-Jean Ester, un journaliste qu'il connaissait bien. Ils s'étaient rencontrés dans un de ces bars fumeux où les gens se retrouvent après les concerts et discutent, jusqu'à ce que le patron les foute dehors, du Swing, des musiciens ou de la révélation de la soirée. Ils ne se voyaient que lors des concerts, quelquefois à l'entracte des théâtres, c'est-à-dire une vingtaine de fois par an.

Ils échangèrent quelques banalités et Curveillé entra dans le vif du sujet.

— Dis, j'ai un petit problème à régler, une information à trouver, à titre personnel. Serait-il possible de consulter les archives du *Progrès ?*

— Tout ce que tu veux, même les archives de *Libé* ou du *Figaro*.

— Non, ils n'existaient pas sur Lyon à l'époque qui m'intéresse.

— Ah, je te vois venir, tu es à la recherche de détails sur un concert historique du genre Max Roach au Théâtre de la Cité en 1959.

— Non, pas du tout, c'est tout à fait autre chose.

— Allez ! Vingt ans plus tard Roach était à nouveau à Lyon mais à l'Auditorium cette fois.

— Avec Monty Alexander.

— Bravo ! Et dans l'abonnement pour quatre spectacles, souviens-toi, on trouvait le Ron Carter Group, Oscar Peterson et Dizzie.

— Et c'est là qu'on s'est connu.

— Eh oui, le grand amour.

— Bien, soyons sérieux. Ce que je recherche est plutôt dans la rubrique des faits divers.

— Sans problème. Ecoute, les archives ne sont

plus là. Tu peux venir maintenant ? J'ai deux ou trois bricoles à régler ici. Je ne bouge pas. Viens, je t'expliquerai.

— O.K. j'arrive.

Curveillé raccrocha, soulagé que ce fût si facile. Il se tourna vers Sabah et lui dit :

— Je crois qu'aujourd'hui je vais disparaître du circuit. Cela ne vous dérange pas ?

— Pas du tout. Vous vous abrutissez de travail, à tel point que je me demande souvent comment vous pouvez tenir. Allez, fichez le camp et ne revenez pas de sitôt afin que votre associée ait vraiment l'impression de diriger le navire.

Les locaux du *Progrès* n'étaient pas loin. Il traversa la rue de Brest, prit le passage de l'Argue pour déboucher sur la rue de la République. Il nota que, dans un des cinémas du bout de la rue, on donnait toujours le film *Rain Man* avec Dustin Hoffman. Un grand gars ébouriffé lui glissa un tract où il était question d'un concert au hot-club : le bassiste Jean-Louis Billoud s'y produisait avec deux Américains : un pianiste de Rochester, Bill Dobbins, et un saxo-Alto new-yorkais, Paul Glaser.

De l'autre côté de la large rue, les grands bistrots avaient cédé la place à des temples du fast-food. Nombre de Lyonnais s'étaient senti agressés lorsqu'un Macdo avait remplacé La Paix, institution lyonnaise au même titre que Guignol, la place Bellecour, les Traboules, le Parc de la Tête d'or. Dans la capitale de la cuisine, cela relevait de la pire des provocations ou d'une manœuvre perverse grenobloise, la cité alpine étant un affligeant désert gastronomique que sa position de grande banlieue peut pousser à des crises de jalousie incestueuse.

Curveillé longea les marches de l'escalier qui, autrefois, donnait dans le vaste hall du grand quotidien. Il prit un couloir étroit, arriva à un ascenseur métallisé, pianota le code d'accès à la salle de rédaction du journal et se retrouva, à nouveau, dans un petit couloir éclairé par une verrière et donnant sur une pièce où on accédait en descendant trois marches. Il se présenta et attendit quelques minutes que son ami arrivât.

Ester le brancha aussitôt sur le saxophoniste Mickaël Brecker, sur sa technique époustouflante, sur l'E.W.I., instrument électronique à vent, inventé par Nyle Steiner et dont Brucker se sert magnifiquement mais il abandonna très vite sa théorie sur le binaire lorsqu'il se rendit compte que ce n'était pas le bon jour. Volubile, il expliqua comment on accédait aux archives du *Progrès* dont toutes les pages étaient transcrites sur des microfilms qui pouvaient être lus grâce à des visionneuses installées dans la Bibliothèque municipale de la Part-Dieu. Il proposa à Curveillé de l'accompagner mais ce dernier éluda la proposition en prétextant un rendez-vous urgent. Il voulait être seul.

Il prit le métro. En quelques minutes, il fut dans le vaste ensemble commercial et culturel de Lyon. Il n'eut aucune difficulté pour accéder à une visionneuse et aux microfilms qui l'intéressaient. Il lui fallut peu de temps pour dominer la machine et les heures filèrent.

Il ne s'était pas trompé en recherchant les affaires où traînaient des bouts de cigarette. Des jours et des nuits de recherche auraient été nécessaires pour faire un tableau exhaustif de tous les meurtres ayant pour lien un mégot. Ce qui l'étonna, chaque fois qu'on signalait un bout de cigarette dans une douille après un crime, c'est qu'aucun journaliste, aucun flic surtout, n'ait établi une relation entre tous ces meurtres qui se soldaient par les vestiges de presque un paquet de cigarettes, Curveillé étant loin d'avoir tout trouvé.

C'était vraiment gros. Quelque part, une sorte d'Ange Exterminateur érigé en juge suprême éliminait les plus sordides salauds que la justice élargissait et on ne semblait pas s'en inquiéter. Pire, une indifférence calculée, comme si, au fond, la société y trouvait son compte.

On aurait dû lire dans les journaux — et Curveillé était certain que ce n'était pas une carence du seul *Progrès* mais que c'était valable pour tous les autres médias — : « L'Homme au mégot a encore frappé. » « Le justicier à la cigarette va-t-il se manifester car Chambard l'étrangleur de Vesoul doit être libéré ces jours-ci. » « Patiente enquête de la Police dans les bureaux de tabac environnant le lieu du crime pour retrouver un homme qui fume des Bastos. »

Rien ; le tireur sévissait en toute impunité.

Entre midi et deux heures la bibliothèque ne fermait pas. Curveillé continua de scruter les rubriques des faits divers, les yeux lui firent mal, une migraine subite lui rongea le temporal ; il ne savait pas exactement ce qu'il voulait. Une preuve flagrante ? Il s'obstina, la chance joua. Il trouva.

Un meurtre avait eu lieu vingt ans auparavant sur la personne d'un ingénieur, cadre supérieur à E.D.F. Un samedi après-midi, alors qu'il tondait sa pelouse, il avait été abattu par trois balles, devant son cottage, au bord de l'eau, dans la Vallée de la Cisse, près de Blois.

On ne lui connaissait pas d'ennemi, pas d'ami non plus. Il travaillait à la Centrale atomique de Saint-Laurent-des-Eaux où il était apprécié pour ses qualités professionnelles et sa rigueur. Il n'était lié à personne. Sa femme était partie au bout de deux mois de mariage et il ne s'absentait de sa maison que pour son travail et ses courses et, une fois par mois, pour se rendre à Paris, où semble-t-il, il avait des habitudes.

Avant de l'achever d'une balle dans la tête, l'assassin lui avait fracassé une rotule, témoin les traces de sang dans l'herbe où l'ingénieur avait rampé sur plusieurs mètres, puis il lui avait tiré une balle dans le ventre et les rictus de douleur que le visage portait encore laissaient supposer qu'il avait souffert le martyre avant le coup de grâce.

Froidement, sûr de son coup et ne craignant pas d'être dérangé, le tueur avait fini sa cigarette, écrasé le mégot dans une des trois douilles vides, puis jeté son arme sur le cadavre. Ensuite, il avait disparu, ne laissant aucune autre trace, aucun indice.

L'arme du crime était décrite et Curveillé la connaissait bien. C'était une carabine U.S. de l'I.B.M. Corporation, Calibre 30 M1, bretelle sur le côté, crosse et fût en bois rouge qui devait provenir des Sequoias de l'Oregon. En Algérie, la Carabine

U.S. était le bijou des armes automatiques, courte, légère, précise, réservée aux officiers et sous-officiers de carrière.

Curveillé connaissait surtout l'ingénieur assassiné, Jean-Hughes de Garezin, dont une ancêtre avait été la nourrice d'un roi de France. Ce qui lui revenait en mémoire, mêlé à une sorte de délivrance confuse, n'était pas du gâteau car de Garezin, aspirant, puis enseigne de vaisseau commandant une section de fusiliers marins en Algérie, avait été un bourreau sadique dont la ressemblance avec Goebbels ne se limitait pas au simple aspect physique.

CHAPITRE IX

Flash-back — Février 1962 — Saint-Cloud, base arrière du 2e bataillon de zouaves, 25 km d'Oran sur la route de Mostaganem. Curveillé a vingt et un ans. Il est arrivé en Algérie depuis huit mois. Il est deuxième classe, tireur d'élite dans une section d'intervention rapide au sein d'une compagnie de soutien.

Comme tous les matins où ils n'étaient pas en opération, Curveillé et ses potes venaient de faire un sérieux casse-croûte : maquereaux au vin blanc, pâté, saucissons envoyés de métropole par les familles, oranges prélevées à pleins casques dans les orangeraies voisines, le tout arrosé d'un blanc trop doux et d'un rouge un peu pâteux.

Il faisait bon, un temps calme et superbe de pays méditerranéen et les biffins jouissaient de ce fragile répit qui existe avant tous les coups durs. Des patrouilles partaient, revenaient, des G.M.C. ou des Simca déversaient à intervalles réguliers des soldats harassés mais ni dans la nuit, ni ce matin on n'avait entendu de coups de feu. Certains bidasses étaient en short, d'autres en maillot de bain, la plupart torse nu. Ils discutaient par petits groupes, lisaient une Série Noire dans un coin, faisaient leur lessive, écoutaient Europe n° 1 ou continuaient une partie de tarots qui, commencée au début des classes, ne se terminerait que de longs mois plus tard, avec la quille.

Saint-Cloud avait l'aspect classique des villages d'Oranie, une grande rue bordée de maisons coquettes mais sans plus, une place où trônait l'église avec de chaque côté l'école et la mairie sur laquelle flottait un grand drapeau français pour bien rappeler où on était. A l'écart, séparé par un no-man's-land pelé, le douar où vivait dans des cahutes une population arabe misérable. L'ancien moulin qu'occupaient les soldats était une grande bâtisse dont la vaste salle centrale servait de dortoir à une centaine de soldats. On y accédait en descendant plusieurs marches. Les murs étaient épais, le plafond élevé, les ouvertures très petites et très hautes. Après les journées exténuantes, tous retrouvaient, avec une grande satisfaction, cet antre où régnait quelle que soit la saison, une bonne fraîcheur.

Les accords d'Evian allaient être signés dans trois semaines. Ils donnaient l'indépendance à l'Algérie. Elle serait effective en juillet 1962 mais les dirigeants de l'O.A.S. avaient lancé des mots d'ordre irresponsables, la terre brûlée, ne rien laisser aux Arabes, saboter les édifices publics. Bien qu'on s'acheminât, sans possibilité de retour, vers l'Algérie algérienne, pour l'armée et le contingent en particulier, c'était la période du plus sale boulot et du tampon entre les musulmans et les pieds-noirs. Il fallait passer au crible des maisons, des immeubles, démonter des voitures, fouiller les gens, empêcher que les affrontements entre les deux communautés se terminent dans un bain de sang.

Les soldats récupéraient ainsi des chargeurs dans les slips des passants, des revolvers dans les pots de fleurs, des grenades dans les sacs à main, des mines, des obus, des bazookas, des mitrailleuses sous les sièges des voitures.

— Des volontaires pour une opé ?

Comme toutes les fois qu'un appel de ce genre était lancé, subitement les bidasses prirent un air concentré. Tout à coup, ils furent absorbés par des tâches peu évidentes mais fondamentales. La lessive devenait urgente, la partie de cartes plus importante que l'avenir du monde.

— Pas de volontaires ? gueula une deuxième fois le sergent, d'accord. Dans cinq minutes rassemblement pour le premier groupe de la deuxième section. Il faudra un lance-patate, un flingue à lunette, deux autres flingues et le reste en P.M. Grouillez-vous !

Les soldats concernés, Curveillé en tête, se mirent à râler en disant qu'ils étaient de tous les coups, qu'il y en avait d'autres, que cela tombait toujours sur eux.

— La ferme, tonitrua le serpatte, les marins vous attendent sur la place avec un half-track, alors magnez-vous !

Les appelés avaient horreur de ces missions avec les marins. Ils venaient d'Arzew et étaient chargés des plus sales besognes. Ils avaient des têtes de charognards et leur chef, un aspirant, paraissait dépourvu de toute réaction humaine. Impeccable, tiré à quatre épingles, il détonnait au premier abord, lorsqu'on le voyait entouré de sa bande de chenapans débraillés et obscènes.

Ces marins étaient tous des engagés volontaires du genre « t'as volé des voitures, tapé une vieille dame, étranglé à moitié ton vieux père, alors tu choisis : la taule ou la Marine. Là, on te dressera. »

Marché conclu, pour la Marine bien sûr, la raclure en question se retrouvait avec des dizaines d'autres minables. On ne leur faisait aucun cadeau. L'entraînement était dingue mais en ce qui les concernait, l'armée avait droit à un pourcentage de casse plus élevé que pour les autres unités.

Après un bourrage de mou intensif, ils étaient versés dans des sections spéciales, non officielles mais bien utiles, où on avait besoin de méchants au cerveau atrophié. Ils devenaient les surhommes auxquels on peut tout demander, un groupe à part, une caste de voyous disposant de tous les pouvoirs.

Bien plus tard, quand Curveillé en avait parlé, on ne l'avait pas cru. Ce n'était pas possible dans l'armée française, on avait la Légion pour les sales boulots. N'exagérait-il pas son passé ? Avec le temps, ne voyait-il pas de simples faits de guerre comme des actions relevant de Nazis ? Lorsqu'il disait qu'il n'y avait pas que les Allemands qui produisaient des S.S. et que nous avions fait très fort là aussi, ne se laissait-il pas emporter par sa faconde naturelle ?

Pour l'heure, le rassemblement s'était fait rapidement. Onze types dans le camion, juste à côté de l'half-track où les marins se passaient une bonbonne de vin, pas de salut entre les deux groupes, aucune plaisanterie, indifférence calculée de la part des biffins, mépris ostensible des marins qui, déjà passablement éméchés, buvaient au goulot de la bonbonne en laissant couler autant de vin sur leur treillis que dans leur gosier. Impassible, fumant une cigarette anglaise, l'aspirant les regardait d'un air faussement amusé. Il avait le regard des gens qui prennent du plaisir à voir s'avilir les autres. Lorsqu'il donna le signal du départ, Curveillé et ses compagnons se regardèrent, mal à l'aise. Mieux valait cinquante heures de garde que de crapahuter sous les ordres d'un tel mec.

Après bien des cahots et quelques kilomètres, la patrouille arriva en vue d'une mechta dressée sur un petit éperon rocheux. Quatre ou cinq gourbis la composaient, un seul était habité, les autres désertés par leurs propriétaires en butte, de jour, aux vexations des troupes du maintien de l'ordre et, de nuit, aux exigences des rebelles.

Le type qui vivait là avec sa femme et ses deux filles avait été mouchardé la veille par un indicateur. Il tenait cachées, quelque part chez lui, des armes et une ou deux caisses de munitions. Il nia évidemment avec conviction. Sur un signe de l'aspirant, les zouaves se mirent en position aux points stratégiques et les marins entrèrent en action. Les gifles plurent sur le bonhomme. La femme et les deux filles avaient été éjectées du gourbi à coups de pied ; serrées dans un coin, elles gardaient obstinément le regard fixé au sol.

Ce n'était pas la première fois que les appelés participaient à ce genre de spectacle. Chaque fois, ils en revenaient écœurés et honteux. Comme maintenant, ils n'osaient pas se regarder entre eux et chacun essayait de se dire, au fond de lui-même, que ce putain de melon n'avait pas volé sa cardée.

Deux ou trois marins s'amenèrent avec des pelles et des pioches mais au lieu de retourner la cour, le jardin ou le sol de la petite écurie où sommeillait un âne rachitique, ils s'en prirent aux murs de torchis de la maison. Avec une sorte de conscience besogneuse, ils saccagèrent tout, ne trouvèrent rien et s'arrêtèrent répugnants de sueur, l'œil mauvais. La bonbonne de Mascara ayant vécu, des caisses de bière apparurent.

L'aspirant, pendant ce temps, allait et venait dans la cour et la maison, presque sur la pointe des pieds, prenant des mines de pucelle égarée dans une maison de passe. Soudain, il s'arrêta, prit un air grave et pensif, comme s'il venait de prendre une importante décision. Il fit un signe.

Les marins se placèrent juste à la lisière de l'ombre de la maison. Ils s'assirent sur des caisses retournées et l'Arabe fut mis debout en plein soleil. Cette fois, ce ne fut plus avec des gifles mais avec des coups de poing et de pied qu'ils entreprirent de lui faire entendre raison.

Il tomba, on le remit debout. Il tomba, il tomba dix, peut-être vingt fois. Il fut mis à genoux, les bras en croix et le travail de démolition continua. Sa figure était en sang, ses cheveux collés, son cou violacé. Il ne disait rien. Seuls, ses yeux vivaient mais un des bourreaux dut s'en apercevoir car il s'acharna sur le pauvre visage terrifié. Les tortionnaires se relayaient, discutaient, riaient, fumaient et buvaient leur bière.

Les pauvres cons d'appelés n'osaient plus se

regarder. Ils faisaient semblant d'être ailleurs, de guetter un ennemi qui risquait de débarquer en force.

Ils le mirent nu. Devant sa femme et ses filles. La pauvreté et les privations se lisaient sur son corps pitoyable. Sous les coups, son sexe tremblotait et ses maigres fesses se contractaient pour éviter la chute. Il ne disait rien, toujours rien.

Qu'est-ce qu'il attendait pour cracher le morceau ? Les biffins immobiles essayaient de trouver toutes les bonnes raisons pour justifier cette scène dont ils étaient les complices : le terrorisme, les copains égorgés, les bonbons dans la bouche, les viols, les mutilations.

Mais, c'étaient eux qui étaient censés apporter la paix et les bienfaits de la civilisation.

Dieu que c'était long !

Les marins comprirent qu'ils ne tireraient rien de ce corps pantelant. En d'autres temps, ailleurs, ils l'auraient achevé mais en voyant la gueule que faisaient les biffins ils n'eurent pas confiance en des gens qui se détournaient pour vomir sournoisement.

L'aspi parut perplexe. Seule, la peur de salir ses mains de concertiste l'empêcha d'arracher à pleines poignées les cheveux du supplicié.

Tout à coup, les matafs eurent un éclair de génie, cela se sentit à leur mine inspirée. Sans un mot, quatre d'entre eux s'emparèrent des gamines. Ils n'eurent pas besoin de dire au père ce qu'elles allaient subir. Il avait compris.

Son regard au milieu des chairs tuméfiées se fit plus dur, deux braises incandescentes dans un sarment. Ses mâchoires se contractèrent davantage. Il ne parla pas.

La mère pleurait. Elle était trop déformée, trop sale pour intéresser quiconque. Elle s'affaissa, se mit en boule, enfouit sa tête dans ses immenses jupes et ne bougea plus.

Les marins entraînèrent les fillettes vers un tas de paille dans un coin de la cour. Elles ne pleuraient plus mais se débattaient avec une énergie farouche, poussant des cris de bêtes prises au piège, mordant, griffant, des gosses mal nourries, sales, n'ayant de féminin que le prénom.

D'horribles plaisanteries fusèrent.

— Faites gaffe, vous allez leur péter la charnière.

— Si elles en redemandent, faites-nous signe.

— Et Popol, avec ton chibre, tu vas leur passer à travers.

L'aspi regardait la scène les yeux soudain fixes, immobile. Sa nervosité avait disparu et les soldats eurent la révélation que ce genre de tragédie ne se déroulait pas pour la première fois, que les marins accomplissaient un rite barbare dont l'aspi était le metteur en scène minutieux et vénal. Il leur revint en mémoire les histoires, plus horribles les unes que les autres, qui circulaient sur l'aspi.

Il fallait que ça craque. Ce fut Bix qui craqua. Il sauta de la murette où il s'était placé pour faire le guet et en quatre enjambées il accosta l'aspi.

— Mon lieutenant, cela ne peut pas durer. Il faut les arrêter.

Il avait dit ces paroles d'une voix calme et profonde, sans arrogance mais avec fermeté. Les marins, qui avaient entendu, se turent et les quatre qui tenaient les fillettes s'immobilisèrent. L'aspi sembla sortir d'un rêve, pencha la tête sur le côté et lança comme un sifflement entre ses lèvres minces.

— C'est vous qui donnez les ordres maintenant ?

— Non, mon lieutenant, répondit Bix, simplement nous ne sommes pas d'accord pour que vos gars passent ces gamines au trapèze. De plus, s'ils continuent avec le vieux, il leur claquera dans les doigts.

— Refus d'exécuter les ordres, abandon de poste, manque de respect à l'égard d'un officier, vous allez vers de sérieux ennuis, reprit l'aspi d'une voix doucereuse.

— Mon lieutenant, nous préférons aller en taule plutôt que d'être complices de vos saloperies.

— Ah oui, mais nous pouvons vous convaincre d'une autre manière, dit l'aspirant en se tournant vers ses sbires.

Bix dut sentir que la situation lui échappait mais derrière l'aspi, sur la terrasse de la maison un des zouaves s'avança.

— Eh lieutenant, ça suffit, pas de menace. On a aussi des armes, si c'est de ça dont vous parlez et on sait aussi bien s'en servir que vos terreurs.

C'était Curveillé. Ces échanges avaient été faits à grande vitesse dans un silence pesant. Bix respira. Les marins étaient debout, pétrifiés. Au fond de la cour, les quatre salopards avaient lâché les gamines qui, en courant, se réfugièrent dans la maison.

L'aspi se retourna pour inspecter ses troupes. Un mataf hurla :

— Qu'est-ce qu'on fait ? Ils ne vont quand même pas nous tirer dessus !

Les marins étaient en bien mauvaise posture, au centre de la cour, les armes à terre, tandis que les zouaves, comme un seul homme, d'un seul coup revitalisés et retrouvés dans l'honneur, les tenaient à leur merci. Les chargeurs étaient enclenchés et le museau noir de chaque arme pointait son bonhomme. La honte des fantassins se muait en haine et sans doute auraient-ils tiré pour se vider de leur propre dégoût si la position de Bix ne l'avait exposé à recevoir la première giclée.

L'aspi regarda du côté du caporal chef qui commandait théoriquement le groupe de zouaves. C'était le pote de Bix, il y trouva la même lueur dangereuse. Brusquement l'aspi gueula d'une voix de fausset :

— Allez, on s'en va. Ramassez le matériel. Je ferai mon rapport.

C'était fini. Les matafs eurent des regards haineux, des gestes obscènes et arrogants en prenant leurs armes mais ils savaient qu'il fallait se garder d'avoir une attitude dangereuse car la catastrophe avait été évitée de justesse. Ils laissèrent au milieu de la cour les bouteilles de bière vides et un martyr qui attirait à lui toute la lumière de la mi-journée.

Les marins se remirent à boire dans leur half-track. Derrière, dans le camion, les bidasses étaient muets, peut-être estomaqués de leur propre audace, mais lorsque Bix sortit une cigarette froissée de sa poche-poitrine, dix mains se tendirent pour lui donner du feu.

CHAPITRE X

Après son overdose de microfilms à la bibliothèque de la Part-Dieu, Curveillé était rentré chez lui et n'était pas ressorti. Il avait téléphoné à sa mère qu'il irait la voir le lendemain. Il savait qu'elle tenait à être prévenue à l'avance, un peu par coquetterie, pour ne pas être surprise en négligé, mais surtout pour disposer d'assez de temps pour lui mitonner un de ses plats favoris. Tout en écoutant avec attention de vieux enregistrements des orchestres blancs du Chicago des années 20, en particulier ceux de Jean Goldkette, il se cuisina des rognons au xérès, se fit une salade verte à l'huile de noix. Ayant passé le repas de midi, il mangea d'un très bon appétit, termina par une Rigotte de Condrieu et but un unique verre de Côte-Rôtie, dans un verre à pied en cristal d'une finesse exquise.

Il dormit mal, des images du temps maudit l'assaillirent. Il se leva tôt et se dit que de tels souvenirs ne se mettent pas facilement aux oubliettes. A époques régulières, comme un herpès, sans prévenir, ils reviennent, dévaluant l'image de soi qu'on s'est patiemment créée. En roulant dans sa vieille Peugeot, vingt-sept ans après, Curveilé ne se sentait pas fier.

Oui, il se faisait vieux et, comme les vieux, il se disait que le temps passe avec une rapidité effrayante et qu'en définitive les jalons, les grands moments sont rares qui font reculer l'idée de sa propre mort. Il pensait que si Bix n'était pas intervenu, il n'aurait plus jamais osé se regarder dans une glace.

Il sortit de Lyon par la R.N. 518 qui traverse de nombreux petits villages du Bas-Dauphiné et conduit à la Côte-Saint-André où il déboucha sur la plaine de la Bièvre. Le temps était au grand beau et la chaîne de Belledonne éclatait de blancheur, au loin, entre les masses bleutées de la Grande-Chartreuse et du Vercors.

Enfant, Curveillé raffolait de ce décor qui évoquait les Rocky Mountains des films sur le Far West. Bièvre étant le vieux nom français du castor, il lui avait fallu peu d'imagination pour transformer la rivière de son patelin en haut lieu de la trappe et la vallée de l'Isère en Rio Grande. Le Vercors était devenu le terrain de chasse d'Indiens irréductibles, ses sommets, des lieux sacrés et c'était d'autant plus plausible qu'en des temps très récents la grande mesa calcaire avait connu une peuplade de résistants martyrisés par des Aryens venus du Nord.

A la Chapelle-en-Vercors, à Vassieu, dans la grotte de La Luire d'autres Indiens héroïques, derniers gardiens d'une civilisation en grand péril avaient été liquidés sans une once d'humanité afin que triomphe l'idéologie la plus abjecte de toute l'histoire du monde. Quelques survivants ridés, un ou deux grands sachems, en bordure de la forêt de Lente, conseillaient régulièrement aux campeurs germaniques d'aller faire du tourisme ailleurs.

Curveillé retrouva, avec délice, la maison de ses parents, le jardin d'ombres et de lumières, une paix rythmée par le tic-tac de la grande pendule à aiguille unique du bureau de son père, l'odeur d'encaustique, les grands carreaux noirs et blancs de la cuisine, les parquets si brillants.

— Je t'ai fait une blanquette de veau, dit sa mère.

— Je n'en attendais pas moins, répondit-il en jubilant.

— Oui, mais ce n'est plus comme autrefois, on ne trouve plus la même qualité de viande, le boucher a changé.

— Mais non, tu verras, ce sera, comme toujours, très bien.

Naturellement, ce fut très bien. Elle avait fait chambrer une bouteille de Saint-Joseph et il eut droit à une salade de cresson avec un fromage chaud. Ils parlèrent de tout et de rien, des troènes qui n'avaient pas récupéré de l'hiver, des mésanges qui venaient moins sur le bord de la fenêtre, des chats qui coûtaient cher en croquettes et repas en boîte, de sa sœur qui habitait Sainte-Foy, de son frère qui voyageait à l'autre bout du monde.

Après le café, d'habitude, il s'allongeait sur le divan du salon pour faire une petite chomée et tous les deux aimaient ce moment. Lui, parce qu'à moitié endormi, il l'entendait aller et venir, faisant le moins de bruit possible pour ranger sa vaisselle, elle, parce qu'elle profitait de cet instant trop court pour arrêter le temps dans sa très grande solitude.

Ce jour-là, il était trop énervé, les sens trop en alerte pour s'allonger ne serait-ce que quelques minutes. Il prétexta de vagues recherches à faire au grenier, de bouquins qu'il voulait retrouver et grimpa quatre à quatre les marches luisantes du grand escalier en châtaignier.

Dans les mansardes de la vieille maison, il ressentit aussitôt le choc qu'il avait, lorsque dans son enfance il montait ici en catimini, choc de mystère et de fruit défendu, d'odeurs anciennes, d'angoisses voluptueuses.

Dans une pièce, bien rangée, sous un ancien rideau en cretonne fanée dormait sa collection de l'Illustration sur la Grande Guerre. A côté, en vrac, tous les *Paris-Match* que sa mère lui conservait depuis la création de ce journal et qu'il se promettait, une fois l'an, de classer. Contre un mur, punaisée à même la tapisserie en lambeaux, la dernière photo de Pedrazzini, grand reporter qu'il rêvait d'imiter dans sa jeunesse et qui avait été tué par les Russes lors d'un reportage sur les grandes émeutes de Budapest, en 56.

Il ouvrit un placard de bois blanc où toutes ses B.D. étaient empilées, Mandrake, Buck John, Spirou, Cœur Vaillant, Fripounet, le Fantôme. Cachés sous une planche dans une sorte de double fond, il devait y avoir encore cinq ou six *Paris-Hollywood,* un ou deux exemplaires de la collection *Parme* et une photo de Marilyn, nue, sur la première page d'un calendrier. La même Marilyn, on la retrouvait punaisée sur un autre mur défraîchi, dans une pièce que le frère de Curveillé avait transformée en garçonnière. La pulpeuse Américaine était habillée mais elle était plus torride. Sur le fameux soupirail de « Sept ans de réflexion », sa robe blanche plissée s'envolait, dévoilant ses jambes et le plus joli derrière de toute l'histoire du cinéma.

Le frangin avait tout bricolé de ses mains : une table rustique, un bureau à cylindre, des chaises, des fauteuils récupérés on ne sait où, un bar, des étagères où s'alignaient des centaines de polars. Rien n'avait été touché. On entrait là comme dans un sanctuaire. C'était magique comme la machine à remonter le temps.

Sur les murs des dizaines d'affiches de cinéma et des photos d'artistes se mêlaient en une vaste fresque rétro : Gina, Fresnay, Rita, Wayne, Mouloudji, Ava, Gabin, Martine, Stroheim, Raimu, Michelle, Mariano, De Sica.

Que de terreurs, que d'angoisses elles avaient coûté à Curveillé qui faisait, la nuit, le guet imposé par son grand frère qui, pendant ce temps-là, avec des mines de conspirateur, détachait tout ce qu'il pouvait du panneau de présentation du Foyer Communal.

Ah les séances du mercredi soir ! Il se souvenait des cris de désappointement des spectateurs et des bonds de joie de son frère lorsque le film cassait et qu'il récupérait les chutes comme de véritables trésors. En fait, c'en était et grâce à la visionneuse que l'aîné avait fabriqué, ils se repassaient en plan fixe Bogey, Carmen Sevilla, Cooper et toujours Marilyn.

Le cinéma du mercredi soir faisait partie de la tournée d'un projectionniste ambulant qui se produisait dans autant de villages que de jours dans la semaine pour finir en apothéose au chef-lieu de canton, le samedi soir et le dimanche après-midi. Les Curveillé allaient donc au cinéma, en famille, le mercredi soir, veille du jeudi sans école, quand le film était fait pour tous car on ne manquait pas de lire les critiques dans Radio-cinéma.

La salle du Foyer Communal servait de lieu de réunion pour toutes les activités laïques du village. En hiver, un poêle à sciure entretenait une chaleur suffocante et la fumée qui s'en dégageait, à intervalles réguliers, transformait les films insipides en fresques romantiques.

Bien plus tard, leur passion pour le cinéma n'ayant pas faibli, les deux frères s'étaient rendu compte que le grand projectionniste à la chevelure folle et aux lunettes d'écaille était un poète, un véritable artiste qui courait les campagnes dans sa vieille Juvaquatre plus pour faire connaître le cinéma que par amour du gain. Il arrivait une heure avant la séance et installait son Bell et Howell d'un air faussement détaché.

— Non, la semaine prochaine ce ne sera pas un autre western, disait-il, répondant aux questions des trois ou quatre gamins qui se faisaient une gloire de venir l'aider.

— Un policier, alors, m'sieur? demandait l'un d'entre eux.

— Non, c'est un film d'un grand réalisateur allemand, *Metropolis,* vous verrez, c'est excellent.

Ainsi, sans en avoir l'air, le grand projectionniste poète glissait dans sa programmation des films très sérieux et faisait, avant la lettre, du cinéma d'art et d'essai.

Pour copier son frère, Curveillé avait voulu lui aussi sa pièce mais il n'avait ni le talent de bricoleur, ni les idées bien définies de son aîné. Le projet n'avait jamais abouti et sa pièce était restée ce qu'elle était depuis que le train de vie des maisons bourgeoises de village a baissé et que les mansardes ne servent plus à loger les bonnes. La seule originalité de l'endroit résidait dans les murs couverts de paquets de cigarettes vides que, jusqu'à un âge avancé, les deux frères avaient collectionnés. Puis, ils avaient arrêté de fumer, juste au moment où, l'aîné courant le monde, ils auraient pu posséder toutes les marques qu'ils voulaient.

Curveillé trouva ce qu'il cherchait, une vieille valise de l'armée, là où il l'avait posée, probablement vingt-sept ans plus tôt. Elle était en aluminium brut. Sa mère, bien sûr, s'était gardée d'y toucher. Même ses neveux qui fouinaient de tous les côtés, comme tous les gamins de leur âge, n'avaient pas osé faire sauter le cadenas dont la clef devait toujours être cachée à l'entrée du trou des chevêchettes.

En y mettant la main, il se demanda si les petites chouettes continuaient à occuper ce lieu. Il sourit, heureux, en sentant sous ses doigts des plumes et des boulettes de régurgitation. Le trou était toujours occupé par les délicieux petits rapaces nocturnes qui, selon les anciens Grecs, protégeaient les maisons qui les abritaient. Il déclencha un doux remue-ménage lorsqu'il gratta avec un vieux bout de tuile l'espèce de guano qui s'était accumulé là où devait se tenir la clef. Elle y était. Il ouvrit la valise et ça lui péta à la gueule comme une mine encrier.

CHAPITRE XI

Dieu ! Que cela faisait mal. Ce rectangle de ferraille rameutait des images que la mémoire sélective avait patiemment occultées ou rendues suffisamment floues pour qu'il n'en reste que des angoisses passagères et des cauchemars récurrents.

Le contenu de la valise était pourtant bien banal : une fourragère verte gagnée à Gergovie durant les classes, des décorations jamais portées, sous cellophane, un Opinel rouillé, un crapahuteur tordu, deux plaques de poitrine représentant, l'une Vercingétorix, l'autre un zouave aux couleurs émaillées, un calot rouge, une petite quille en bois, une reproduction d'un arlequin de Picasso, des lettres, des cartes postales et beaucoup de photos.

Collée contre le couvercle de la valise, il retrouva une photo que, déjà au lycée, il avait scotchée à la porte de son casier d'interne. Elle représentait Albert Camus tenant par l'épaule son ami Michel Gallimard. Ils étaient assis à la terrasse d'un restaurant, manifestement à la fin d'un repas et souriaient à l'objectif avec cet air de connivence tranquille qu'ont les vrais amis. Ils devaient mourir ensemble dans un stupide accident d'automobile. Comme James Dean mort dans sa Porsche ou Clifford Brown sur une route de l'Indiana, Camus allait laisser le sentiment de la perte irréparable d'un être essentiel qui n'a pas tout dit. A la fin des années cinquante, il représentait le lien évident et sensé entre pieds-noirs et musulmans. Lorsque l'O.A.S. lancerait le mot d'ordre de la terre brûlée, créant l'irréversible entre les deux communautés, Camus ferait cruellement défaut.

Curveillé se souvenait avec quelle passion, en classe de philo, il avait étudié le *Mythe de Sisyphe.* Un an plus tard, dans les rues d'Oran, il avait trimballé *La Peste* dans une des vastes poches de son treillis et, dès qu'il en avait l'occasion, lors d'une halte, d'un casse-croûte, à l'arrière d'un camion, au coin d'une rue, il sortait le bouquin chiffonné pour retrouver la pensée dans le décor.

Une par une, il regarda les photos. Il se tenait avec ses copains dans les camions, au crapahut, en hélico, avec la Légion, sur le *Sidi-Ferruch,* un infâme rafiot, à fond de câle du *Djebel-Dira,* un autre transport de troupes. Il retrouva Salmon et Aboulin pendant la corvée des patates, Mounier baratinant une Oranaise, Coste brandissant une bière et Bix souriant de toutes ses dents au volant d'une Jeep avec, à ses côtés, de grands yeux ouverts dans un visage de damoiseau, le caporal André.

Quelques jours après leur histoire avec l'aspirant et les marins, Curveillé et son groupe avaient été convoqués par un obscur capitaine dont on ne connaissait pas très bien les attributions.

— On a besoin de renfort à la Préfecture d'Oran. Vous y serez transférés dès que l'on pourra. Vous faites toujours partie de ce bataillon, c'est-à-dire que vous recevrez la solde et le courrier par notre vaguemestre. Les demandes de permission devront arriver ici. Des questions ?

— C'est notre affaire avec l'aspirant qui nous vaut ça, capitaine ? demanda le grand Coste.

— Quelle histoire ? Je ne suis au courant de rien.

— Allons, reprit le Stéphanois, vous nous envoyez dans le secteur le plus dangereux d'Oran, subitement, comme cela, sans motif ?

— Vous ne faites pas le travail qu'on vous donne, s'exclama le petit officier suffisant. En opération, en escorte, en tampon, vous n'êtes pas sûrs et par votre laisser-aller et votre mauvais état d'esprit vous compromettez gravement la bonne marche du service.

— Eh bien voilà ! On a compris. Pourquoi ne pas le dire plus tôt ? C'est bien notre affaire merdique avec l'aspi. Il fallait bien qu'il ait le dernier mot.

— C'est normal, non ? s'échauffa le capitaine.

Dans l'armée quand on veut jouer au con, on trouve à qui parler.

— Vous croyez sincèrement avoir le dernier mot, s'esclaffa le Stéphanois. Mais vous avez eu la trouille ! En d'autres temps vous nous auriez foutus en prison et fait passer en T.F.A. [1] ! Seulement, vous vous êtes dit : avec ces lascars ça risque d'être duraille. Si on les fout en taule, ils ne vont pas se laisser faire ; ils sont capables de trouver un avocat,

1. Tribunal des Forces Armées.

un journaliste, un communiste de surcroît, et, qui sait, de pleurer dans les journaux.

— Ça suffit, hurla l'officier, fermez votre grande gueule ou je vais vous rappeler à qui vous parlez !

— Pas encore, mon capitaine, et du calme, on n'est plus en France dans une cour de caserne à terroriser des bleus. Vous voyez d'ici, continua de plus belle le grand Coste délivré de tout complexe, vous voyez l'aspirant S.S. à son tour mis en cause. Quel merdier ! Quel retournement de situation ! Et un pitaine dont on ne sait pas très bien les fonctions mais qui doit lui aussi donner dans le dégueulasse, très compromis.

— Attention à ce que vous dites ! Il ne faudrait quand même pas trop croire au Père Noël. Vous n'êtes que des deuxièmes pompes, j'espère que là où je vous envoie vous en chierez comme des Russes.

— Merci, mon capitaine, après tout, vous nous sauvez la mise. Mieux vaut aller en enfer que de participer à vos missions sordides, mieux vaut crever que d'aider des salauds à violer des fillettes.

— Foutez le camp, bâtards ! Enfants de putain ! Sortez ou je vous descends !

Il avait posé la main sur son étui à revolver. Il était rouge, dégoulinait de sueur, frisait l'apoplexie.

Faire un paquetage, remplir les légères valises en alu étincelant de leurs humbles trésors ne prit guère de temps. A l'heure de la sieste, serrés dans un petit camion bâché, ils partirent. La banlieue d'Oran fut vite là, la ville traversée à vive allure selon un itinéraire qu'ils connaissaient bien, après tant de missions d'escorte, de ratissage, de fouille, de bouclage. Tout était calme. La grande cité était morne.

Pas de coups de feu, pas de voiture, aucun bruit. De part et d'autre, on observait la trêve sacrée de la sieste.

Dans peu de temps le cirque recommencerait avec sa série de meurtres et d'attentats.

Les rues se succédaient, écrasées de soleil. Parfois, derrière une casemate de sacs de sable, des bras se levaient, ceux des malchanceux, de garde à une heure pareille aux points stratégiques de la ville.

Sur le boulevard du Front-de-Mer la vue portait très loin. Des palmiers se découpaient dans un azur de carte postale, un porte-avions glissait sur l'horizon vers Mers-El-Kebir ; la montagne de Santa-Cruz et son église dominaient la rade et, toute blanche, moderne, haute d'une quinzaine d'étages, se dressait la Nouvelle Préfecture, la plus belle de France, disait-on alors.

Le 4 × 2 descendit une pente abrupte pour passer sous un bâtiment. Il s'arrêta au milieu d'une cour intérieure entièrement nue.

— Salut, les potes ! On ne vous laissera pas tomber. On viendra de temps en temps prendre des nouvelles et apporter le courrier, gueula le chauffeur tandis qu'il faisait tourner son petit camion.

— Adieu, salaud de planqué !

Le bahut fit demi-tour. Il repassa sous le porche, le bruit du moteur décrut. Plus que jamais ils se sentirent vulnérables, perdus. Une porte s'ouvrit, un sergent en tenue léopard et béret rouge vint à eux. Il leur serra la main, ce qui les étonna mais donna à chacun une bouffée d'optimisme. Il s'entretint un court instant avec le caporal André et les entraîna à travers un dédale de couloirs et d'escaliers de service. Ils aboutirent dans une immense pièce claire où s'alignaient une quinzaine de lits-picot, des armoires, des tables, des chaises.

— C'est ici votre chambrée, dit le sergent. Vous vous disposerez comme vous voudrez mais arrangez-vous pour que ce soit dans les angles morts des fenêtres. Regardez en haut des murs et sur le plafond, vous comprendrez.

— Ça canarde tant que ça ? dit Moreno en observant les dizaines d'impacts faits par des projectiles de tous calibres.

— Assez, mais vous aurez le temps de vous en rendre compte, reprit le sergent. En attendant, vous avez des douches et des sanitaires à côté. Vous vous installez et dans trois quarts d'heure je repasserai pour vous conduire chez le commandant.

Curveillé se souvenait mot à mot de l'entrevue avec le commandant, un homme grand, sec, les cheveux taillés en brosse, les joues creuses et la mine sévère d'un chevalier du Temple. Il n'y était pas allé par quatre chemins.

— D'après le rapport que j'ai sous les yeux, vous êtes des durs. Quelle genre de conneries avez-vous faites ?

— Mon commandant, est-ce bien nécessaire de ressasser de l'histoire ancienne ? avait dit le caporal.

— Comme vous voulez. Ici, nous vivons en vase clos. Nous ne sortons pas. Nous attendons que le temps passe et que les gars de l'O.A.S. attaquent. Tout se fait par la force des choses et sans que je sois obligé de donner beaucoup d'ordres. Vous avez tous fait de la prison dans le civil, je suppose.

— Mon commandant, s'écria Coste interloqué,

nous ne sommes pas des truands. Nous ne sortons pas d'une compagnie disciplinaire. Nous avons eu simplement maille à partir avec un aspirant qui jouait les officiers S.S. avec les Arabes. En dehors de cela, rien.

— D'accord. J'aime mieux ça. N'en parlons plus. On verra à l'usage. Demain matin, vous serez pris en main par un membre du cabinet du préfet qui vous fixera vos fonctions. Dans la journée, vous travaillerez normalement dans les services où vous serez affectés. A partir de dix-huit heures et jusqu'au lendemain, sauf contre-ordre, vous dépendrez de moi. C'est la période pendant laquelle les civils et les employés de la préfecture sont dehors. Il ne reste plus que nous à l'intérieur et la bagarre a lieu, un jour sur deux, l'O.A.S. voulant tout raser, mais je sais qu'à ce propos je n'ai pas besoin de vous faire un dessin. En dehors des heures d'ouverture de la préfecture, ne traînez pas dans les cours et les abords, ne montez pas sur les terrasses, évitez les fenêtres. A la moindre alerte, rejoignez le poste qui vous sera assigné.

— Pouvons-nous écrire chez nous et dire où nous sommes ? avait demandé Delorme qui entretenait une correspondance de ministre avec sa famille.

— Oui, mais ne donnez pas trop de détails. Les personnes avec qui vous correspondez en sauront bien assez par la radio et par la presse, d'autant que nous sommes le point de mire de toute l'information.

— Mon commandant, pourrons-nous sortir en ville, s'il vous plaît ? demanda Mounier qui rêvait sans cesse de plages et de filles alanguies.

— Jamais et vous comprendrez vite pourquoi. Un dernier conseil, si vous voulez garder le moral, n'écoutez pas trop la radio. L'O.A.S. y fait des émissions pirates pour intoxiquer les soldats du contingent. Vous êtes placés sous les ordres directs du sergent Dupraz qui, lui, dépend du lieutenant Lambert. Chacun ici fait son boulot pour ne pas avoir de problème personnel. Faites le vôtre, vous verrez, le temps arrive à passer. Je vous remercie. Vous pouvez disposer.

Le salut des bidasses fut net, impeccable, comme les instructeurs les aiment, marque de respect envers un type d'aplomb. Certaines de ses paroles n'avaient pas été très explicites. Sur le moment, cela ne préoccupa personne. Douchés, récurés, rasés, changés, ils visitèrent, s'enhardirent dans l'immense bâtiment.

Des parfums, des conversations anodines, des femmes conversant dans des bureaux ou les croisant dans les couloirs, des cravates de couleur sur des chemises blanches, soudain après des mois d'existence inhumaine, la vie normale leur transmettait ses pulsions.

CHAPITRE XII

Dès le lendemain, comme prévu, ils furent ventilés dans différents services : Mounier et Coste dans la valetaille du préfet, Aboulin, Salmon, Delorme à l'entretien, Moreno, Rouvre au garage, Raffet aux transmissions, Curveillé dans le service des rapatriés, Bix et le caporal André au courrier.

Les civils étaient en grande majorité des pieds-noirs mais les postes importants étaient occupés par des métropolitains du genre fils à papa sortant des grandes écoles et qui faisaient, en civil, leur service militaire. Partagés entre les ressentiments des uns et la morgue des autres, les soldats faisaient leur petit boulot et, en dehors de leurs horaires de travail, se retrouvaient vite entre eux.

Coste arrivait avec les bouteilles, Mounier avec les victuailles. Sur des tables en Formica ils posaient de grandes nappes blanches, des serviettes en lin, des verres à pied en cristal, de lourds couverts en argent. Dans la grande pièce nue contiguë à leur chambrée, les bidasses se livraient à des repas pantagruéliques, à des beuveries systématiques qui masquaient leur désespérance.

Le troisième jour après leur arrivée, vers vingt heures trente, Curveillé jouait aux tarots avec Mounier, Coste et Raffet. Bix lavait son linge, le caporal André fumait une Chesterfield en lisant une B.D. Les autres faisaient leurs ablutions ou étaient déjà au lit. Il restait trois cartes à abattre pour que Mounier réussisse son coup lorsque le bruit caractéristique des échanges d'une partie de ping-pong se fit entendre, des balles venant de loin et qui s'enfonçaient dans le plâtre et le béton.

Les cartes giclèrent, les cigarettes furent écrasées, les lumières éteintes, tout le monde au sol. Une vitre vola en éclats, puis une autre. Sous l'impact d'une balle, le montant en acier d'une fenêtre vibra d'un son grave de harpe. Des parcelles de mur et de plafond tombèrent.

Dans les couloirs de la préfecture le vacarme était insoutenable. Les types qui couraient n'entendaient plus les ordres et étaient obligés de brailler à l'oreille du voisin pour se faire comprendre. Les M.A.S. tonnaient et leurs bruits se répercutaient d'étage en étage. Les mitrailleuses lourdes paraissaient converser en un Morse tonitruant sur un rythme de Bossa-Nova. A intervalles réguliers, des grenades fusils éclataient dehors.

Les salopards, comme les appelait le commandant qui reprenait à son compte une expression qui avait fait florès lors de la guerre du Rif, les salopards étaient difficiles à localiser. Ils se planquaient dans les entrées des immeubles ou dans de nombreux appartements désertés et tiraient du fond de la pièce, ce qui empêchait de voir d'où venaient les coups.

En plus des fusils et des P.M., deux fusils-mitrailleurs bégayaient, en face, des 24/29.

Cela dura trois mois, jusqu'en juillet, jusqu'à l'indépendance effective de l'Algérie.

Certains soirs, un salopard se faisait voir ou un groupe essayait d'investir une casemate de sacs de sable ou de faire sauter le portail d'entrée.

— Attention, j'en vois deux !

— Où ça, bon Dieu, où ça ?

— Dans le square, à la limite du gazon, un autre derrière le banc de pierre.

Ils n'étaient pas les seuls à les avoir vus, les servants d'une des mitrailleuses lourdes aussi. Le tom-tom de la 12/7 Sud s'amplifiait. Dans la nuit définitivement tombée, on suivait facilement les balles traçantes dont la courbe s'infléchissait vers le banc, comme attirée par un aimant. Une traçante, une perforante, une explosive, une normale et ça recommence tout au long de la bande. Des lambeaux de banc étaient arrachés, la pierre s'effritait, se désagrégeait sous les coups de ce nouveau marteau-piqueur, puis quelque chose décrivait un grand saut périlleux arrière et se désarticulait. Le tom-tom cessait, un instant seulement. La courbe des traçantes se reportait ailleurs, pour redessiner en dents de scie les balcons des immeubles.

Ainsi, dans la journée, une vie de fonctionnaire, le soir, la guerre. Mais ce n'était pas aussi simple car les matins paisibles, les après-midi languissantes n'effaçaient pas les affres de la nuit, d'autant que, parmi les gens qu'ils côtoyaient le jour, les soldats avaient, peut-être, les adversaires de la nuit.

Dans son service des rapatriés, Curveillé remplissait des avions et des bateaux de gens terrorisés qui fuyaient le bled où des représentants du F.L.N. leur signifiaient que leur avenir était simple : la Valise ou le Cercueil.

Devant cette marée humaine, ces misères accumulées, ces départs où on abandonnait tout, le linge dans les armoires, les photos sur les étagères, le vélo dans la cour, la voiture au port, Curveillé fit de son mieux. Non seulement il compatit mais se dévoua à fond pour ces petites gens qui n'avaient toujours pas compris ce qui leur arrivait, les dissociant totalement des démons de la nuit téléguidés par des fous revanchards.

Et puis il y eut Gigi. Le plus beau cul d'Afrique du Nord, disait Coste, les plus beaux flotteurs de Méditerranée, disait Mounier. C'est vrai qu'elle était belle, Gigi. Pulpeuse, un rien trop ronde dans ses robes très ajustées, les seins prêts à exploser d'un décolleté à la limite de la décence, la croupe rebondie, la bouche légèrement boudeuse, les longs cheveux de jais tombant en cascade sur des épaules bronzées. Perchée sur ses hauts talons aiguilles, on l'entendait venir de loin et lorsqu'elle passait dans les couloirs, à travers les vitres, le personnel masculin la déshabillait des yeux.

Elle n'était ni bégueule ni allumeuse. Elle s'habillait ainsi parce que c'était la mode et que ça lui allait bien. Evidemment, elle était la coqueluche de tous les bidasses qui, grâce à elle, meublaient leurs rêves solitaires mais pas plus que les civils, nul n'aurait songé à la baratiner ou à lui faire des propositions car chacun connaissait son histoire et derrière les yeux de velours se cachait une tristesse infinie.

Gigi s'était mariée deux ans auparavant avec un chauffeur de taxi. Un mois après leur mariage, il avait pris en charge un client dans le quartier juif pour le conduire à la Sénía, l'aéroport d'Oran. On ne l'avait jamais revu. Ils avaient disparu, lui, son client et sa voiture.

Il n'y eut aucun calcul, aucune démarche délibérée dans l'action de Curveillé. Simplement, un jour qu'elle lui avait demandé de l'aider à porter des dossiers, il se retrouva seul avec elle dans une salle minuscule jouxtant la pièce des archives. Elle était penchée en avant offrant au Lyonnais, en toute innocence, sa croupe voluptueuse où sous la robe tendue se dessinait le slip. Il osa ce que chacun dans la préfecture rêvait de faire, avança la main mais la posa doucement sur la hanche. Aussitôt, surpris lui-même par son impulsion, il recula, pressentant les cris, les gifles rententissantes, la honte. Gigi se retourna lentement, jamais son regard n'avait été aussi noir. Une goutte de sueur perlait entre ses seins. Elle lui tendit les bras.

Il s'y jeta avec la faim de sa jeunesse. Dieu que c'était bon une femme, il en aurait hurlé de bonheur. Il eut la révélation que les bras étaient faits avant tout pour serrer quelqu'un d'autre, très fort contre soi. Il dévora ce corps et après tant de disette, il fut presque violent mais elle n'en attendait pas moins. Il eut pour lui les seins triomphants et les cuisses superbes, les fesses rebondies et le ventre soyeux, elle eut pour elle sa vigueur affamée, son corps de jeune félin, ses mains exultantes de caresses.

Il s'engouffra en elle, s'y perdit et explosa trop vite mais déjà il repartait aussi fort, aussi fou.

Quand, presque sans s'arrêter, il la reprit encore, il sut être tendre, doux et serein. Elle aussi avait mené sa propre tempête, elle aussi avait hurlé et joui sans trop savoir comment, elle aussi devint tendre.

Lorsqu'ils se séparèrent après ce maelström, ils n'étaient ni honteux ni fiers mais heureux. La grande salle d'archives avait bien amorti le bruit de leurs ébats. Désormais, chaque jour, ils s'aimèrent. Oh, ils s'aimèrent comme on aime toujours dans les périodes folles, à la guerre, ne sachant si c'est l'amour ou le corps qui guide la tendresse. Autour d'eux, on ferma les yeux. C'était vraiment la période folle ; des gens partaient sans dire au revoir, un jour ils étaient là, le lendemain la place était vide et la fonction même disparaissait avec eux.

Gigi, aussi, partit un jour. Elle le lui annonça la veille, promit d'écrire, de téléphoner. Il ne dit rien, monta au douzième étage, la regarda partir, minuscule fourmi bleue. Il n'entendit plus jamais parler d'elle.

La guerre civile continua. Oran s'embrasait. Un soir, les dépôts d'essence de la B.P. sur le port sautèrent et pendant une semaine la ville fut couverte d'un nuage noir. Chez les salopards les pertes étaient lourdes, chez les troupes de maintien de l'ordre, de temps en temps, un gars tombait.

Une nuit, en plein combat, une mitrailleuse lourde se tut. Plié en deux, rasant les murs, Curveillé courut jusqu'à la casemate de sacs de sable et découvrit les deux servants déchiquetés par une grenade. C'était deux gars du 8e R.I.M.A. que Curveillé connaissait bien, des rigolards un peu portés sur la bouteille et les histoires salaces, engagés volontaires et qui arrivaient à la fin de leur temps. Curveillé s'apprêtait à réarmer la mitrailleuse poisseuse de leur sang, lorsqu'entendant du bruit, il se retourna pour voir dans l'encadrement de la porte un grand type mince, blond, le P.M. en bandoulière et un long poignard de commando à la main. Curveillé, pour remettre en route la mitrailleuse, avait posé son arme à terre, à côté de la caisse de munitions. Il n'avait aucune chance, il était foutu.

— *Blöder Schweinehund, ich werde dich schon Kriegen*[1].

Un déserteur de la Légion Etrangère, passé à l'O.A.S. pour quelques ronds. Curveillé n'eut pas le temps d'esquisser un geste de supplication ni d'ébaucher une prière, un bras jaillit bloquant le poignard du type, tandis qu'un autre bras armé d'un même poignard le frappait à la poitrine comme un cobra. Bix, le menton enfoncé dans la nuque du salopard attendit qu'il s'affaisse, mort, pour le lâcher.

Une action comme celle-là valait la Croix de la Valeur Militaire avec citation. Ailleurs. En d'autres temps. Ici, on se battait entre Français, paraît-il. Qu'allait-on raconter aux parents des deux mitrailleurs du 8e R.I.M.A. ? Pour la patrie ? Pour l'honneur ? Mon cul, dirait le Stéphanois.

Le commandant ne se perdit pas en des phrases trompeuses. C'était vraiment un type très bien. Bix s'éclipsa et alla fumer une cigarette sur la terrasse en contemplant le port et la mer. Curveillé se mit au lit mais ne s'endormit pas, comme chaque soir, aux

1. Sale petit con, je vais te faire ta fête.

accents de « Pour ceux qui aiment le Jazz » de Franck Tenot et Daniel Fillipachi sur Europe n° 1. Jusqu'aux aurores, il garda l'image des yeux du déserteur où passait sa propre mort.

CHAPITRE XIII

Le caporal André fut tué un soir d'attaque ordinaire. On le retrouva adossé contre le mur d'un couloir, face à la fenêtre ouverte d'où avait dû venir le projectile meurtrier. Plus pâle que d'habitude, les traits calmes, les yeux fermés, il avait un visage d'archange. La balle de 7,5 l'avait atteint deux centimètres en dessous du sein gauche, c'était presque propre, comme un coup de lance.

Bix hurla, pleura, se tapa la tête contre les murs, en pleine hystérie et les copains découvrirent avec stupéfaction qu'entre Bix et le caporal André il y avait eu plus qu'une simple amitié.

Vingt-sept ans après, Curveillé, dans le grenier de sa mère, se rendait compte que c'était à ce moment-là que tout avait basculé, pour lui, pour Bix, pour les autres. Leur groupe en avait vu de toutes les couleurs depuis les neiges du Puy-de-Dôme jusqu'au soleil de plomb de la Montagne-des-Lions près de Saint-Denis du Sig. Ils avaient réussi à encaisser tous les coups, à supporter toutes les épreuves, sans faiblesse, à endurer les moustiques des chotts, les cadavres pourris des charniers, à sortir vivant des embuscades fellouzes. Ils avaient vu la mort de très près, mais s'abattre, toujours, sur les autres ; leur équipe, la même chambrée depuis Clermont-Ferrand, ils l'avaient crue invincible, comme protégée par toute une amitié inexprimée mais qui se sentait tant. Et voilà que le caporal André qui traversait la guerre comme un doux extra-terrestre de bande dessinée s'en allait, lui le témoin tranquille de leurs paris passionnés, le médiateur de leurs querelles, leur banquier, leur buraliste, leur confident.

Tout se passa comme si l'aspirant avait réussi son coup, comme si sa revanche devait se réaliser dans la déchéance de chacun. Mounier, Coste, Curveillé se mirent à boire comme des trous. Les Margaux, les Corton, les cognacs, les whiskies du préfet coulèrent à flots. Selon les accords d'Evian, la Préfecture devait être remise aux Algériens en état mais que pourraient bien foutre des musulmans avec une cave pareille ? C'était contraire à leur religion, ce serait les tenter, alors...

Les autres s'abrutirent de kif et de tarots. Bix s'enfonça dans une solitude maladive. Peu de temps après la disparition du caporal André, il demanda à Curveillé de lui céder son M.A.S. 56 à lunettes. Curveillé se débarrassa avec satisfaction de son outil. Le commandant tiqua, il ne pouvait se passer de ses experts mais Bix le convainquit rapidement qu'il en était un aussi car, à partir de ce jour, il ne vécut que pour ces heures tardives et malsaines, entre chien et loup, où s'exprimaient les derniers soubresauts de l'O.A.S.

Dans la journée, il faisait son boulot de vaguemestre portant de-ci de-là, à l'intérieur de l'immense bâtiment, les lettres et les colis qu'il devait distribuer. A 18 h il s'arrêtait, se douchait et revêtait un treillis caméléon impeccable, chaussait ses Rangers cirés, se coiffait d'une casquette Bigeard et disparaissait avec son fusil, une dizaine de chargeurs et de lourdes jumelles.

Au début, Curveillé voulut l'accompagner mais il se sentit vite de trop. Bix avait choisi, au onzième étage de la Préfecture, la fenêtre qui offrait la meilleure vue panoramique vers le sud d'où provenait la majorité des attaques, car le square, les arbres, les murets et toute une gamme d'accidents architecturaux étaient propices au camouflage.

De sa fenêtre, il prospectait, mètre par mètre, avec ses grosses jumelles, toute la surface qui s'offrait à sa vue. Sa recherche était méticuleuse, artisanale, sans faille comme le pointer qui va et vient dans les chaumes, couvrant chaque pouce de terrain pour se mettre en arrêt sur la caille ou la perdrix. Il y avait dans sa quête quelque chose d'inquiétant.

On redoute toujours l'attaque, on prie pour qu'elle n'ait pas lieu, on remercie le ciel des trèves fiévreuses, on n'est jamais déçu quand le combat s'éteint. Pas lui. Lorsqu'il avait déniché une ombre insolite, un type planqué, un bonhomme dans une position bizarre, Bix posait les jumelles et s'emparait du fusil. Il le bloquait bien à son bras par la bretelle, se calait contre le mur et les mâchoires serrées au point qu'on en voyait les muscles palpiter, il retenait son souffle par saccades.

L'œil fixé dans la lunette, il attendait.

Il ne tirait jamais le premier. Même s'il voyait les

types se déployer, ce n'était pas lui qui déclenchait le feu. Il fallait que l'attaque soit lancée en face mais, dès que le premier tir avait lieu, son fusil tonnait et là-bas un type s'éparpillait. Nulle satisfaction n'apparaissait dans son visage. Il reprenait sa fouille systématique, le fusil grondait encore.

Certains soirs, il envoyait trois ou quatre attaquants au tapis, ne leur laissant aucune chance car, si l'un des malheureux bougeait encore, il avait droit au coup de grâce, à distance.

La Préfecture était devenue un bastion inutile, le summum de l'absurde. Les pieds-noirs avaient fui et Curveillé sombrait dans la neurasthénie tandis que ses compagnons prenaient des allures de zombies.

Un lendemain d'attaque, ils ramassèrent un salopard qui ne devait pas avoir plus de seize ans. Il n'avait pas été tué sur le coup et avait dû agoniser, perdu dans un recoin, une partie de la nuit. Le commandant, en le voyant, eut des larmes plein les yeux et dit en marmonnant que c'était bien la fin puisque, maintenant, ils envoyaient des gosses. Il ordonna de faire des tirs de barrage, de ne tirer pour tuer qu'à la dernière extrémité. Certains appliquèrent la consigne, d'autres pas. Bix fut de ceux-là.

Curveillé fut un des derniers à se détacher de Bix. Il lui devait trop. Et puis, du temps des classes à Clermont-Ferrand, c'était lui qui l'avait surnommé Bix. Un soir, alors qu'ils sympathisaient déjà, il lui avait dit en riant, qu'il ressemblait à un jazzman du Chicago d'avant-guerre, Bix Beiderbecke. Les autres s'étaient esclaffés et le surnom de Bix lui était resté sans qu'il s'en formalisât. Il est vrai que Curveillé lui avait décrit le cornettiste aux cheveux gominés, au smoking bien coupé et à l'allure de danseur mondain comme le premier musicien important du jazz blanc. Il s'était gardé cependant d'ajouter que Beiderbecke avait traversé la vie comme un météore de 28 ans.

Maintenant, Bix faisait peur. Cette amitié était trop difficile à assumer et l'individu était devenu inquiétant par sa rigueur et son silence. Seule faiblesse, il fumait, il fumait beaucoup. Après un tir réussi, il allumait toujours une cigarette, une Bastos. Il ne jetait pas la cendre n'importe où ; très méticuleux il prenait une douille vide et y logeait son mégot.

CHAPITRE XIV

Curveillé avait mis des années à s'en remettre. Pas seulement de l'épisode de la Préfecture mais du reste. Un mariage raté, des rêves pourris, des mois d'errance. Il lui arrivait encore, la nuit, de gueuler de terreur, de s'éveiller en sueur sous l'effet d'une balle ou de tortures imaginaires. Il ne s'asseyait jamais dans un lieu public le dos à la porte. Dans la rue, un bruit sec d'échappement lui donnait toujours envie de plonger. Il avait horreur des feux d'artifice, des pétards des gosses, des actualités sur Beyrouth, des portes qui claquent, de la pub Garbit pour le couscous. Pourtant, un psy qu'il aurait consulté aurait dit qu'il s'en était bien sorti. Après tout, il avait deux ou trois copains pieds-noirs, une associée arabe et l'odeur des merguez ne lui foutait pas la nausée.

Mais les autres, les copains, comment avaient-ils encaissé ? Sitôt la quille arrivée, ils s'étaient volatilisés, chacun de son côté. Ils s'étaient écrit. Une fois. On se reverra, on fera une bouffe énorme, on viendra avec nos nanas. Puis rien. Silence. Ils avaient trop de choses à digérer et surtout à effacer pour qu'ils prennent le risque de se revoir et de faire remonter en surface ce qu'en famille, avec d'autres copains, avec la nouvelle vie qu'ils se créaient, ils tentaient d'oublier.

Il faut dire qu'au fil des années une coalition du silence s'était instaurée sur l'Algérie. Il fallait ménager Boumediene, son gaz et son pétrole. On l'avait laissé, lui et ses nervis, écrire l'histoire à sa façon. On devait cicatriser les plaies des Français de là-bas. On en avait fait des martyrs du gaullisme. Surtout, il était nécessaire, à gauche comme à droite, que beaucoup se fassent oublier. Ce n'était ni Austerlitz, ni le Chemin des Dames, ni le maquis des Glières. Tous y avaient pris part, aucun n'osait dire « J'y étais ».

Ainsi, les soldats du contingent se découvrirent les seuls responsables de cette putain de guerre. Les rares de 14-18, les nombreux de 39-45 étaient rentrés glorieux. Même les Américains avec le Viêt-nam avaient su tirer leur épingle du jeu, en mettant tout à plat. Ils avaient eu quarante-huit mille types au tapis. Tous les jours des Rambo de pacotille envahissaient les petits écrans français pour glorifier les G.I.

Les Français avaient eu presque autant de morts en Algérie et on continuait à faire croire que c'était une promenade de santé. Lors des cérémonies annuelles où les politiques, tous partis confondus, plastronnaient devant des foules sans mémoire, on décorait encore une relique de 14 ou un attardé de 40, voire un médecin qui s'était illustré du côté de Dien-Bien-Phu. Jamais un ancien d'Algérie. Pourtant, là-bas, des bidasses avaient aussi soigné les populations, construit des routes et des écoles, alphabétisé. Surtout, ils avaient empêché que le fascisme débarque en France. Pour qu'il n'y ait pas de vagues, on travestissait l'histoire et on culpabilisait des milliers d'individus qui s'entendaient questionner par leur gosse qui rentrait de l'école : « Dis papa, tu as bien fait l'Algérie, c'est vrai que tu as torturé là-bas ? »

Curveillé, après son long retour en arrière, passa la soirée avec sa mère et, le lendemain, lesté d'un solide petit déjeuner de gelée de mûres et de compote de rhubarbe sur du pain grillé, il repartit pour Lyon.

A la première cabine téléphonique qu'il trouva en bord de route, il appela Morizio. Il l'eut aussitôt.

— Mario, j'aurais besoin de vos conseils, peut-on se voir aujourd'hui ?

— Bien sûr, mais pas ce matin, je dois accompagner M. Saryan chez son bottier. Si vous voulez, cet après-midi ; je devais aller au Palais des Beaux-Arts...

— Le Palais Saint-Pierre ?

— Oui, je peux annuler.

— Pas du tout, on pourrait s'y retrouver.

— D'accord. A l'intérieur ou à l'extérieur, ce n'est pas très grand, on se rencontrera facilement.

— Cela me va très bien.

— Vous avez des ennuis ?

— Non, pas du tout, je vous raconterai.

— C'est parfait. A bientôt.

Il téléphona aussi à Sabah pour savoir si elle avait besoin de lui. Il n'y avait rien d'urgent. Il pouvait disposer tranquillement de sa journée.

En remontant dans la voiture, il mit une cassette

de Keith Jarrett et se laissa porter par le Köln concert. Comme il avait du temps, il s'arrêta à Vienne, salua un vieil ami qui travaillait à la Société Générale, acheta le dernier Le Clezio chez Lucioles, but une Suze-Citron dans un bar du Cours Brillier et parla de rugby avec le patron. Au coin du Cours Romestang et de la Place Miremont il vit, dans une vitrine, une veste qui lui plut. Il l'essaya mais dans la glace se rendit compte qu'elle était faite pour un jeune homme. Il ressortit du magasin avec une chemise, une cravate et une paire de Sebago. Vers treize heures, il déjeuna d'une grillade, de haricots verts, de fromage blanc et d'un demi-pichet de Côtes-du-Rhône à l'Estancot. Puis il fit une promenade digestive dans la vieille ville et, à quinze heures, toujours porté par le Köln concert, prit l'autoroute pour Lyon.

Il ne s'embarrassa pas à chercher un parking dans les rues proches du Musée. Il gara sa voiture dans le parking de la place Tolozan et, à pied, par la rue Puits-Gaillot, arriva place des Terreaux. Là, il monta quatre à quatre les marches du Palais Saint-Pierre, traversa un couloir froid et nu pour déboucher, en pleine lumière, dans une cour entourée d'un cloître.

Curveillé connaissait bien ce lieu et il retrouva avec délice la paix monacale de l'ancienne demeure des Bénédictines, en plein centre de Lyon. Il retrouva les lourdes arcades aux ombres fraîches, les étudiants assis sur les bancs, les mères de famille guettant d'un œil tendre les bambins jouant dans les graviers et, les moineaux ; ah ! les moineaux du

Palais Saint-Pierre, batailleurs, orgueilleux, propriétaires des lieux.

Morizio était là, assis sur un banc, à côté d'une personne âgée. En voyant Curveillé, il se leva et vint à sa rencontre. Ils se serrèrent la main.

Le vieux forban italien ne changeait pas, ne vieillissait plus. Les ans ne semblaient pas avoir d'effet sur lui. Une silhouette de jeune homme, quelques cheveux blancs, pas de marque de vieillesse, sinon des rides profondes dans un visage lugubre que n'éclairait jamais un sourire ou un clin d'œil.

Il était impossible de lui donner un âge et Curveillé n'en avait qu'une petite idée, grâce aux souvenirs que l'Italien évoquait. Il était toujours vêtu de sombre, avec une prédilection pour les vestes amples fermées par un bouton sur une chemise claire et une cravate discrète. Ce n'était ni par coquetterie, ni pour se soumettre à une mode quelconque que Morizio portait une veste trop grande mais parce que, sous son bras gauche, un holster au cuir patiné contenait un impressionnant Beretta, dernier cri des automatiques du grand spécialiste transalpin, arme reconnue par tous comme le nec plus ultra. Il avait même détrôné l'historique Smith et Wesson dans la police américaine.

— Excusez-moi, Mario, dit Curveillé, j'ai bien peur de vous faire perdre votre après-midi.

— Pas du tout ; je viens souvent ici revoir certains tableaux que j'aime.

— Je vous savais grand amateur d'opéra et en

particulier de Verdi mais je ne connaissais pas cet autre aspect de vos goûts.

— Oh je ne suis pas très calé en peinture. C'est aussi l'ambiance du musée qui me plaît, les parquets cirés, les grands escaliers. En matière de tableaux, j'aime autant la Tamise à Charring Cross de Monet que le coucher de l'italienne de Van Loo.

— Eh ! Mais c'est un tableau très coquin.

— Il faut bien avoir quelques faiblesses.

Il sembla à Curveillé qu'un demi-sourire allait éclairer les traits de condottiere de son ami. Il le souhaita. Il n'en fut rien.

— Je suppose que si vous vouliez me voir, ce n'est pas pour connaître mes passions secrètes, reprit Morizio.

— Non, Mario, et ce que je vais vous raconter n'est pas bien amusant. En fait, c'est une tranche de ma vie qui revient et m'obsède. Ce que j'attends de vous ce sont plus des conseils que de l'aide. En dehors de vous et de Saryan, je ne vois pas à qui je pourrais raconter cette histoire sans déclencher l'inverse de ce que je veux.

Ainsi, durant plus d'une heure Curveillé parla. Il raconta tout. Ils déambulèrent côte à côte sous les arcades et firent de nombreux tours du cloître, à petits pas. A la fin, Morizio posa la question que, logiquement, il devait poser.

— Je crois avoir tout compris mais, que vous importe ? C'est du passé. Plus rien ne vous rattache à ce type. Qu'il fasse ce que bon lui semble de sa vie mais n'empoisonnez pas la vôtre.

— Mario, voyons, ce n'est pas à vous que je vais faire la leçon de la reconnaissance et de l'amitié. Ce n'est pas à vous que je vais apprendre que, dans la vie, on a des dettes qui seront, quoi qu'on fasse, impayées. Ce type-là, il faut que je le retrouve. Il m'a sauvé deux fois. Une fois dans mon honneur et malgré la grandiloquence du mot je sais que c'est cela qu'il faut dire car sans lui je ne serais qu'une larve. Ensuite, il m'a sauvé la vie.

— Et alors ?

— Vous trouvez que cela ne suffit pas ! Moi, je veux lui dire d'arrêter ses conneries, que sa démarche est insensée, que vouloir jouer les justiciers est impossible car il y aura toujours des salauds qui s'en sortiront.

— Mais, vous vous rendez compte vers qui vous allez ? Ce type, maintenant, doit être plus dangereux qu'un serpent à sonnette. Découvert, il va réagir comme le fou furieux qu'il est peut-être.

— Non, je ne le crois pas. Tout dans ses actions est trop pensé, trop réfléchi. Il sait ce qu'il fait, où il va. Non, Bix n'est pas dingue, simplement, quelque part, il est fêlé, comme nous tous qui sommes revenus de là-bas.

— Etes-vous bien sûr que ce soit lui ?

— J'en donne ma main à couper.

— Attention, des tueurs qui ont des manies, on en trouve plein les rues. Cette habitude du mégot écrasé dans la douille, c'était peut-être un rite que des dizaines d'autres soldats avaient adopté.

— Votre objection, je me la suis faite. On avait aussi coutume d'arracher systématiquement l'étiquette des bières que nous buvions. C'était devenu une superstition et un gars n'aurait jamais quitté un bar ou la cantine sans faire ce geste dont je ne connais pas la motivation. En ce qui concerne Bix, c'est le meurtre de l'aspirant qui m'a définitivement mis sur la voie.

— Expliquez-moi.

— Voilà. Tous les autres meurtres ont été commis pour pallier la justice officielle qui, soit n'applique pas les peines, soit pratique une justice de classe, selon la terminologie marxiste. L'aspirant, lui, a été tué dans des conditions atroces parce qu'il a été à l'origine de tous nos malheurs.

— Le meurtre a pu être commis par n'importe qui, par un rôdeur.

— Non, rien n'a été volé. Les flics ont retrouvé le chronomètre en or du défunt sur la cheminée, à côté de son portefeuille où se trouvait une somme importante d'argent. L'assassin non seulement n'est pas rentré à l'intérieur de la maison mais il n'a pas pris la peine de traverser le jardin.

Curveillé fut interrompu par un monsieur affable et souriant qui leur dit que le Palais Saint-Pierre allait fermer. Ils se regardèrent avec Morizio, étonnés de l'heure tardive. Ils ne s'étaient pas rendu compte que le délicieux havre de paix s'était vidé de ses habitués et qu'ils étaient les derniers. Ils s'excusèrent, sortirent, firent quelques pas sur la place des Terreaux, contemplèrent un instant l'hôtel de ville et, tout à leur conversation, se retrouvèrent devant deux demi-pression dans le premier cani rencontré.

— En admettant que vous le retrouviez, qu'il ne soit pas un danger pour vous, croyez-vous le convaincre de quoi que ce soit ? dit Morizio.

— Je ne sais pas, Mario. Que vais-je lui dire exactement, je n'en sais rien. Ce dont je suis sûr, c'est qu'il faut que je le retrouve et une fois qu'il sera en face de moi, comme vous en ce moment, je trouverai bien les mots.

Il n'en fallait pas plus à Morizio. Déjà, il avait fait sienne cette histoire d'homme, sachant qu'elle ne pouvait obéir à un raisonnement logique. Curveillé irait jusqu'au bout et aucun argument ne serait assez fort pour aller à l'encontre de la dette qu'il estimait devoir régler.

— A quoi bon le cacher, maintenant, votre démarche me plaît mais en quoi puis-je vous aider ? demanda Morizio.

— Je crois que j'avais besoin d'entendre tout haut et par vous les raisons contraires que je me suis formulées tout bas, répondit Curveillé.

— Avez-vous une adresse, un numéro de téléphone, un moyen de le retrouver ?

— Non, rien. Je ne puis ni passer par l'armée, ni par un service officiel. J'ai trop peur de signaler sa piste. J'ai pensé que vous auriez une idée.

— Ma foi, vous me prenez de court car les enquêtes ce n'est vraiment pas mon fort. Toute ma vie j'en ai plutôt fait l'objet. Mais vous devez savoir de quelle ville, de quel village, de quel département il venait. Il a peut-être encore ses parents, de la famille ?

— Il n'en parlait jamais. Je crois bien qu'il venait de l'Assistance Publique. Ah, je me souviens d'un détail, il avait été interne au lycée d'Aurillac.

— Oui, mais pour les raisons que vous avez évoquées nous ne pourrons pas nous en servir, dit Morizio, et Curveillé fut heureux du nous qui signifiait que l'Italien prenait désormais son problème à son compte.

— Les soldats de votre groupe, vous avez leur adresse ? questionna Morizio.

— Oui, de certains, mais avec le temps, ils ont dû en changer.

— Pas sûr. Regardez pour vous. Votre mère vit bien toujours au même endroit, dans la maison familiale. Si on voulait vous joindre il suffirait de lui écrire.

— C'est vrai.

— Alors, même si vous ne trouvez pas aussitôt votre copain, peut-être, par eux, pourrez-vous remonter jusqu'à lui. Qui sait s'il ne se rencontrent pas le dimanche pour boire un coup.

— Non, ce n'était pas le genre de Bix de boire des coups.

— Avec le Bottin ou mieux avec le Minitel, en vous servant des villages et des départements dont vous pensez qu'ils sont issus, vous avez une bonne base de départ.

— Décidément, Mario, chaque fois que je vous rencontre, vous m'êtes d'un précieux secours. Je vous invite à dîner.

— Non, merci, ce soir M. Saryan doit sortir et c'est moi qui le conduis mais je réserve votre invitation pour un autre jour, d'autant qu'avec ce que vous êtes en train de remuer, nous sommes appelés à nous revoir beaucoup.

CHAPITRE XV

Il était vingt heures lorsque Curveillé gara sa voiture devant la vitrine de son entreprise. A l'intérieur, il régnait un climat de hall de gare. Les téléphones sonnaient, les portes s'ouvraient et se refermaient sur des gens qui parlaient fort, prenaient des notes, consultaient des plans, échangeaient des documents. Au milieu de ce tumulte, Sabah, imperturbable, organisait, décidait, ordonnait.

— Les deux costauds c'est pour qui ?

— Pour Marmonier Emballage-Protection. Avenue Lacassagne.

— Et le chauffeur ?

— Pour Genevois-Salaisons.

Elle haussa les sourcils d'un air faussement furieux en le voyant.

— Vous ne pouvez pas vous empêcher de venir, n'est-ce pas, vous n'avez pas confiance ?

— Oui, c'est plus fort que moi, répondit-il en plaisantant.

— Allons, allons, avouez-le, cela vous manque déjà.

— Non, soyons sérieux, j'ai besoin de consulter le Minitel.

— Vous en avez pour longtemps ?

— Oui, sans aucun doute, car les recherches à faire sont assez compliquées.

— Dans ce cas, débranchez un des deux appareils que nous avons et montez-le chez vous car dans cette ruche vous ne serez pas à l'aise.

— Sabah, vous êtes mon ange gardien. Ah, s'il n'y avait pas un certain Ali entre nous...

Ils rirent de bon cœur, discutèrent un moment mais Curveillé ne s'attarda pas. Tout excité, il débrancha le Minitel de son bureau et, par l'escalier intérieur, le transporta dans son appartement.

Il prit une douche rapide, se versa trois doigts de Knockando sur deux glaçons, ouvrit une boîte de coques qu'il assaisonna de poivre et de jus de citron. Il avait acheté une baguette de pain et se confectionna un sandwich avec de fines tranches d'un saucisson venu en droite ligne de l'Ardèche profonde.

Après avoir mis le tout sur un plateau à côté du téléphone et du Minitel, pour faire bonne mesure car la nuit serait longue, il ajouta une grande bouteille de Gueuze. Puis, il choisit plusieurs disques compacts : Bill Ewans, Bob Broockeyer, Archie Shepp, Helen Humes et, comme toujours, Art Pepper. Il les plaça dans le chargeur et régla le lecteur laser pour qu'il fasse lui-même le programme, en mélangeant à son gré toutes les plages des différents disques.

Enfin, gonflé à bloc, il alluma le Minitel et fit le

onze à l'aide des touches du téléphone. Après le bip sonore, il appuya sur la touche « connexion » et le tableau de recherche par nom et par rubrique apparut. Il tapa sur le clavier, Ledutal. Il hésita pour le prénom, Raymond ou Edmond, et songea qu'on ne le croirait jamais si, un jour, il avouait ne pas se souvenir du prénom du type qui lui avait sauvé la vie.

Dans les départements du centre où le 92e R.I. recrutait la majorité de ses effectifs, Ledutal était un nom inconnu. Il fallait donc passer en revue tous les départements français. Il s'attela à cette tâche avec l'opiniâtreté d'un bénédictin. Il ne trouva rien. Le seul, l'unique, était sans nul doute sur ligne rouge. Cela le renforça dans l'idée que Bix était bien un enfant abandonné auquel l'Assistance Publique avait collé le nom à la godille du lavoir, du porche de l'église, du quartier ou du lieu-dit où on l'avait découvert. Curveillé devait donc retrouver ses autres compagnons et avoir la chance que l'un d'entre eux puisse le mettre sur la piste de leur ancien copain.

La belle euphorie du début de la soirée s'était évaporée et le Lyonnais déchanta, le problème se posant à l'inverse. Dans le Puy-de-Dôme, dans la Loire, le Cantal, la Haute-Loire, la Lozère, les Delorme, les Coste, les Mounier se comptaient par centaines. Avec les prénoms, cela représentait un travail de fourmi. Sans les prénoms, c'était impossible.

Il crut se rappeler que Salmon était de Paris. Il découvrit que ce nom était aussi commun dans la capitale que Durand ou Garcia. Il restait à chercher

Aboulin et Raffet. Il trouva une vingtaine d'Aboulin dans la Haute-Loire et le Cantal et un seul Raffet à Lezoux, un patelin de cinq mille âmes entre Thiers et Clermond-Ferrand.

Il était trois heures du matin. Il avait mal aux yeux. Il eut la tentation de s'allonger tout habillé sur son divan et de s'endormir emporté par la musique vers d'autres rivages. Il se força à relever les adresses et les numéros de téléphone de Raffet et de tous les Aboulin. Il s'étira, se leva pour aller à la cuisine boire un grand verre d'eau, décida de se coucher mais, par acquis de conscience, compulsa une dernière fois les bricoles qu'il avait rapportées de chez sa mère.

Au verso d'une photo, il trouva une légende écrite de sa main : 30 décembre 1961, les Calots-Rouges lèvent leur verre pour la saint Roger. Sur la photo, Bix, Curveillé, Coste trinquent face à Mounier qui sourit de toute sa fine moustache blonde. Il montre à l'objectif une petite quille en métal que ses copains viennent de lui offrir. Mounier Roger ! C'est ça. Curveillé devint fébrile. La fatigue s'est envolée. En voilà un qu'il est sûr de retrouver. Avec Coste, c'étaient de vrais Stéphanois, accrochés à leur ville, à l'A.S. Saint-Étienne, à Manufrance, à Casino, à la mine. Les hauts-fourneaux ont disparu, les mines sont fermées, la Manu a fait faillite, l'A.S.S.E. a connu des hauts et des bas mais les hauts ont été triomphants et si Casino vend moins de vinasse, il a nettement amélioré la qualité de ses pinards. Mounier n'a pu partir, malgré des dizaines d'homonymes, Curveillé le retrouvera. Il peut maintenant se coucher.

Dix heures. Samedi. Curveillé a peu dormi mais bien. Un soleil timide, les saluts du monde de la Rue, un air de Mel Thormé dans la tête. Sabah toute pimpante, un foulard mauve autour du cou, trois croissants et un pot de café. Il a un moral de fer. Il remonte chez lui. Ce matin, la musique sera West Coast, Lou Levy, Shorty Rogers, Pete Jolly, Shelly Manne, Jimmy Giuffre et bien entendu Kenton. Ça ronfle classe dans le duplex. Il commence par Raffet et c'est bon.

— Oui, monsieur, répond une voix cassée de vieille dame, oui, mon fils était bien en Algérie. C'est ça, à Oran, aux Zouaves, à la Préfecture. Je m'en souviens très bien. Avec mon pauvre mari, nous nous sommes fait beaucoup de soucis. Non, il ne s'est pas marié. Il est célibataire. Il est aux champs en ce moment. Si vous voulez qu'il vous rappelle ? Bien. Vous passerez. Il est un peu bizarre. Il n'était pas comme cela avant. N'oubliez pas, il sera content.

Pour Aboulin ce fut un peu long. Une femme dit en gloussant qu'à cette époque-là son compagnon n'était pas né, un type raccrocha sans un mot, un autre grogna qu'il n'en avait rien à braire, une vieille dame raconta ses misères. Une gamine, toute émoustillée, demanda si c'était un jeu-radio et ce qu'on gagnait, un bonhomme expliqua qu'il était en Grande-Kabylie, près de Tizi-Ouzou, en 1958, rappelé. Enfin, une voix lasse de femme répondit que cela devait correspondre à son mari car il parlait quelquefois de l'Algérie, d'Oran en 1962, de la Préfecture, des moments difficiles qu'il avait vécus. Il était mort d'un cancer du poumon cinq ans auparavant. Elle s'excusa et allait raccrocher lorsqu'elle ajouta que son mari avait toujours gardé le contact avec un dénommé Delorme Georges, paysan dans un hameau pas très loin de Rosière, un village en plein Velay, à une quinzaine de kilomètres d'Issingeaux. Curveillé vérifia sur le Minitel. Delorme habitait Pélégrin. Il revit en pensée la haute stature de ce solide garçon qui portait, sans effort apparent, sur son épaule, le fusil mitrailleur de la section, comme on porte une fourche. Il était peu causant mais dans le groupe il était l'élément rassurant par sa mesure et sa puissance paisible.

Localiser Mounier fut très, très long. Tard dans l'après-midi, pour la ènième fois, Curveillé répéta ce qui devenait un leitmotiv.

— Excusez-moi de vous dérangez. Mon appel va vous paraître bizarre mais je suis à la recherche d'un ami qui était avec moi au Régiment en Algérie. Il s'appelait Mounier, Roger, nous étions au 2e Zouaves, à la Préfecture d'Oran, en 1962.

— Je crois, monsieur, que vous êtes bien tombé, je suis sa fille, comment vous appelez-vous ?

— Curveillé.

— Oh, pas possible ! Si vous saviez combien de fois papa nous a parlé de vous.

— Comment ça ?

— Et bien, il paraît que vous êtes un type formidable, charmant, toujours heureux de vivre et que sans vous, sans votre bonne humeur, ils auraient tous perdu le moral.

— Je crois que c'est plutôt grâce à votre père que nous avons tenu le coup et tout ce que vous me dites, ce sont ses propres qualités.

— Vous savez, il a cherché à vous retrouver mais vous n'étiez dans aucun département. Il pensait que vous étiez à l'étranger.

— Ou mort ?

— Non, vous parliez beaucoup des U.S.A., paraît-il, il vous voyait réapparaître en Cadillac.

— J'ai réalisé mon rêve, je suis allé en Amérique mais j'en suis revenu maigre comme un clou, sale et dépenaillé, sans un sou.

— Mais pourquoi, malgré toutes ses recherches, ne vous a-t-il pas trouvé ?

— Pour un tas de raisons j'ai coupé tous les ponts. J'habite Lyon, j'ai une entreprise et mon téléphone personnel est sur ligne rouge pour éviter les clients intempestifs.

— Papa va être très déçu. Oh, monsieur Curveillé, je ne sais comment vous dire cela, vous comptez beaucoup pour lui.

— Il n'est pas là ?

— Non, il accompagne mon frère qui joue au foot-ball.

Sacré Mounier. Il était donc marié, avait pour le moins deux gosses dont une fille charmante et avait réussi à insuffler sa passion du ballon rond à son garçon.

— Vous voulez me donner votre adresse, votre numéro de téléphone, papa vous rappellera.

Curveillé épela son adresse, expliqua ce qu'il faisait et la raison sociale de son entreprise.

— Il vaut mieux que ce soit moi qui rappelle, ajouta-t-il, car je dois m'absenter.

— N'y manquez pas, il serait trop malheureux après tant d'années. Pourquoi ne viendriez-vous pas déjeuner avec nous, demain ? On est en famille, joignez-vous à nous, ce serait sympa. Il sera fou de joie.

— J'ai peur que ce soit difficile mais je retiens l'invitation. Croyez que je suis très sensible à votre accueil et qu'il me va droit au cœur.

Curveillé, ému à l'extrême, reposa le combiné. Pourquoi avoir attendu aussi longtemps pour se revoir ? Il s'était préparé au choc. Il croyait que la carapace était dure mais même les brontosaures ont leurs faiblesses. Qu'allaient-ils se dire, quelle gueule se trouveraient-ils ? Comment expliquer ces brusques retrouvailles exaltantes après ce silence total.

Il irait voir Mounier en dernier, pour donner une progression à son émotion. Demain matin, par l'autoroute, il irait à Lezoux. Il verrait Raffet, puis de Clermont-Ferrand prendrait la voie rapide jusqu'à Brioude et la nationale 102 qui le mènerait au Puy d'où il s'enfoncerait dans les montagnes du Velay.

CHAPITRE XVI

Curveillé se leva tôt, s'habilla décontracté, pantalon de velours havane, Sebagos bordeaux, blouson de cuir châtaigne sur une chemise beige. Il mit une cravate de chasse en soie marron uni et se regarda dans la glace du vestibule. Il vit un homme assez grand, pas très mince, costaud, le visage marqué, les tempes grises, bien mis sans excès, pas Humphrey Bogart, ni Delon, plutôt quelconque. Il sortit la vieille 505 de son garage au fond d'une cour encore pavée de galets ronds. C'était dimanche et Lyon était désert. Par la rive gauche de la Saône, il bifurqua à Givors, laissa Saint-Etienne sur sa gauche et en moins de deux heures il arriva à Lezoux par la sortie de l'autoroute Thiers-Ouest.

L'été se prolongeait en automne et c'était à se demander s'il n'allait pas aussi empiéter sur l'hiver. Les couleurs étaient somptueuses et seules les masses sévères des grandes forêts de conifères apportaient une note de mélancolie.

Après plus d'une heure de questions, de marche arrière, de chemins défoncés, de mines ahuries, sournoises, inquiètes, curieuses, il arriva enfin dans une cour de ferme semblable à une dizaine d'autres où il s'était fourvoyé.

Les bâtiments semblaient bien tenus mais ne respiraient pas l'opulence. Dans une mare nasillaient quelques canards ; sur un fumier, baignant dans une nappe de purin, des leghorns caquetaient ; il flottait dans l'air l'odeur doucereuse de l'ensilage, quelque part une radio distillait un air d'accordéon.

Un homme sortit de l'ombre d'une étable et quoiqu'il ne le reconnût pas, Curveillé sentit à ses tripes que c'était bien Raffet qui s'amenait. Il claudiquait légèrement, ne manifestait ni hâte, ni sentiment et lorsqu'il fut à quelques mètres du Lyonnais, il affirma simplement :

— C'est bien toi, Pedro.

— Oui c'est moi, tu vois, j'avais oublié le surnom.

— Ça fait une paye.

— Oui.

— Tu n'as pas changé.

— Toi non plus.

— Ne dis pas de connerie. Plus de cheveux. Vingt-cinq kilos en trop, des rhumatismes, une patte folle, le palpitant qui déraille. Allez, viens, on ne va pas rester là.

Ils entrèrent. La cuisine sentait la vache. Tout était impeccable, usé, austère. Ils s'assirent en silence, Curveillé sur un banc, Raffet sur une petite chaise, les deux le dos au mur, ni à la porte, ni à la fenêtre, comme autrefois, toujours le vieux réflexe.

Raffet enleva sa casquette, gratta un crâne chauve dont la blancheur presque maladive contrastait avec le visage tanné. Ses traits étaient fatigués. Il avait vieilli prématurément, châtié par des années de labeur peu rentable mais les yeux étaient aussi vifs, ces yeux habitués à rechercher le lièvre ou le perdreau et qui dans le djebel savaient découvrir les anomalies et éventer les embuscades.

— Comment se fait-il que tu débarques ?

— Je devais venir dans le coin. Alors je t'ai cherché, je suis tombé sur ta mère, me voilà.

— Tu as bien fait. Elle m'en avait parlé. Souvent je pense à nous, au temps là-bas. C'était bien. On était jeunes. Tous des copains. Tu es marié ?

— Non et toi ?

— J'aurais bien voulu mais les filles, elles ne veulent pas d'un paysan. Il leur faut la ville.

Ils burent un Pastis, deux Pastis. La vieille arriva sur un vélo aussi antique qu'elle. Ils la virent par la fenêtre. Elle pédalait au ralenti, petite araignée noire perchée sur un rouleau de fil de fer. Elle insista pour que Curveillé reste déjeuner. Ce serait très rapide. En deux temps, trois mouvements, elle apporta une moitié de jambon dont Raffet fit de belles tranches, puis elle servit un barboton de légumes qui mijotait dans un faitout en fonte noire sur un coin de la cuisinière à bois. Ils eurent à peine le temps de s'en lécher les babines qu'elle servait deux pattes arrière de lapin piquées à l'ail et sautées au vin blanc.

Raffet avait sorti une bouteille de vin bouché avec une mine de conspirateur.

— Tu te souviens ?

— Mince, de la Cuisse de Bergère !

— Eh oui, c'est le pinard qu'on buvait en montant en manœuvre à la Fontaine du Berger ou à

Saint-Ours. C'est un rosé bien moyen mais ça te rappellera des souvenirs.

— Tu as des nouvelles des copains ?

Curveillé venait de poser sa question tout naturellement mais cela le ramena aussitôt au motif de sa visite.

— Non, répondit Raffet. Je n'ai jamais été porté sur l'écriture. On m'a demandé de faire partie de la F.N.A.C.A. [1] mais à quoi bon remuer tout ça.

— Tu devrais peut-être. Ils s'occupent des retraites, des pensions.

— Oui, je verrai, un jour.

— Ainsi tu n'as eu aucun contact après ton retour, même pas avec les gens de par ici : Delorme, Coste, Bix, Mounier ?

— Non.

— Tiens, Bix, je me demande ce qu'il a bien pu devenir.

— Oh celui-là, il est parti sans même payer un coup à boire.

Tout était dit. Raffet fit visiter son exploitation. Ils s'étreignirent en se quittant. Curveillé embrassa la vieille comme si elle était sa mère. Au moment de démarrer il baissa sa vitre et Raffet lui demanda :

— Pedro, tu reviendras ?

— Promis, je reviendrai.

— Dis, tu crois que cela a servi à quelque chose ce qu'on a fait là-bas ?

— Oui, un jour il faudra que ça sorte, on a évité la grosse merde.

— Tu en es sûr, Pedro ?

1. Fédération Nationale des Anciens Combattants d'Algérie.

— Oui, j'en suis convaincu.
— Dis, tu te souviens du caporal André ?
— Oui, je n'ai pas oublié.

Quelques kilomètres plus loin, Curveillé avait encore de la buée dans les yeux. Il remonta la vitre, mit la radio. Toute la bande F.M. était envahie par les hurlements de groupes anglo-saxons et France-Musique était couverte par la voix ânonnante d'un pousse-disque périphérique. Il enclencha une cassette qu'il avait prise le matin même chez lui, Archie Shepp au Panafrican Festival d'Alger, un repiquage fait à partir d'un disque pour amateurs de free jazz. Il l'avait sélectionnée sans doute pour recréer l'ambiance. Avec les percussions Toucou qui accompagnaient le saxophoniste, il fut servi.

Il se demanda s'il ne valait pas mieux aller chez Delorme un autre jour mais, après tout, quand le vin est tiré, il faut le boire.

Il reprit l'autoroute, évita Clermont-Ferrand. A la hauteur d'Issoire, il s'arrêta dans un de ces attrape-cons qui, tous les trente kilomètres, dispensent l'essence la plus chère, le café le plus exécrable, les chiottes les plus repoussants et la bouffe la plus indigne du pays. Il téléphona à Mounier.

— Allô.

C'était une voix d'homme.

— Curveillé.
— Enfin, c'est toi !
— Oui.
— Bon Dieu ! Où tu es ?
— Loin.
— Tout ce temps sans rien dire, après ce qu'on a vécu, tu te rends compte.

— Oui. Je n'arrive pas à comprendre pourquoi j'ai attendu si longtemps.

— On va en avoir des choses à se raconter. Toute une vie presque. Tu es marié ?

— Je l'ai été. Ça n'a pas duré. Et toi ?

— J'ai une femme et deux gosses, une fille, un garçon.

— Ta fille est sensationnelle. Elle m'a reçu comme si j'étais un membre de sa famille. Tu es un sacré veinard.

— Merci, c'est chouette ce que tu dis. Combien de fois me suis-je demandé ce que tu avais pu devenir. Toujours aussi fou de rugby et de jazz ?

— Toujours. Même encore plus. Et toi le football ? Tu as dû raccrocher mais d'après ce que j'ai compris ton fils a pris la relève.

— Oui, c'est un crack, il a fait l'école de l'A.S.S.E., il a des chances de jouer un jour en première. Quand passes-tu ?

— En ce moment, j'ai un problème à régler sur le plan personnel, je t'en parlerai un jour, et sitôt que je serai au clair je viendrai te voir.

— Bien. Ne me fais pas le coup de disparaître à nouveau.

— Non, parole. Tu vois, j'ai décidé de retrouver les copains. A propos, as-tu des nouvelles de Salmon, Moreno, Bix, Coste et les autres ?

— Je revois Coste de temps en temps. On était du même patelin. Nos pères allaient à la mine ensemble. Même si on l'avait voulu, on ne pouvait pas se perdre. Non, les autres rien. J'aurais aimé avoir des nouvelles de Bix.

— Moi aussi. Je me demande ce qu'il a bien pu devenir.

— Oh ! Avec toutes les armes qu'il a piquées, il a peut-être fait le casse du siècle et se chauffe les os aux Caraïbes.

Ils rirent de bon cœur. Curveillé avait aussi oublié l'histoire des armes ; il reprit :

— Roger, il faut que je te laisse. Ça m'a foutu un sacré coup au cœur de t'entendre.

— Et moi donc. Je te croyais mort. Moi aussi, dès l'apparition du Minitel, j'ai fait des recherches pour te trouver. Quand ma fille m'a dit que tu avais téléphoné, j'ai arpenté toute la maison et je n'ai pas fermé un œil de la nuit.

— Roger.

— Oui.

— On ne se loupe plus. Je viendrai.

— D'accord, Pedro, et t'as pas intérêt à oublier. Si tu ne débarques pas d'ici un mois, j'irai te chercher n'importe où, même en Enfer.

— Salut.

— A bientôt.

Devant une eau minérale qui, vu sa fraîcheur, avait dû séjourner près d'un four, Curveillé, complètement sonné, récupéra peu à peu. Il regarda défiler, sans les voir, les bagnoles sur l'autoroute. Au bout d'un long moment, une employée au tablier douteux et aux seins blets le délogea de son siège sous le prétexte fallacieux de passer une éponge fétide sur la table qu'il occupait. Il remonta dans sa voiture. Il eut à nouveau la tentation d'en rester là. Après tout, il suffisait de rentrer, de reprendre le train-train quotidien et de ne plus remuer des souvenirs qui faisaient si mal.

Il continua. Par amitié, par curiosité, par ce sens de la fatalité qui lui était propre. Il avait pensé faire du tourisme, joindre l'utile à l'agréable mais il roula, perdu dans ses pensées, attentif aux seuls panneaux indicateurs. Dans un autre état moral il aurait apprécié de revoir Le Puy. Il n'eut aucun regard pour la cathédrale romane qui interpelle toujours les passants par son mystérieux côté oriental. Il arriva à La Rosière ; le soleil était déjà très bas et accentuait le vieil or des feuillus. La chance lui sourit car la première personne interrogée lui indiqua Pélégrin, le hameau où vivait Delorme.

Il y fut, la nuit tombait bien qu'il ne soit pas tard et le site l'enchanta. Au fond d'un vallon, entouré de grands arbres clairsemés, un ancien moulin se reflétait dans une large pièce d'eau où se jetait une rivière qui courait le long du bâtiment. Contre le mur et baignant dans l'eau, une gigantesque roue immobile servait de support à d'énormes pots de géranium-lierre qui laissaient tomber en cascade leurs fleurs rouge vif. Derrière le moulin, des dépendances avaient été aménagées et un peu en retrait, sous des saules pleureurs, quelques caravanes juraient dans ce tableau qui, sans elles, aurait été parfait. Une pancarte, un morceau de bois verni et gravé au fer, indiquait Gîte Rural-Camping à la ferme — Georges Delorme. Curveillé n'eut pas besoin de chercher. Il repéra une haute silhouette qui tapait avec une masse sur un gros piquet. L'homme s'était épaissi et les cheveux grisonnaient mais les avant-bras sur lesquels était retournée la chemise étaient aussi puissants, le torse aussi large et l'expression du visage aussi tranquille. Il posa sa lourde masse et regarda Curveillé descendre de sa voiture. Quand celui-ci ne fut qu'à quelques mètres, l'expression avenante mais distante changea. Il dit :

— Bon Dieu ! C'est pas possible ! Pedro ! Curveillé ! Mais c'est vrai, dis, c'est toi ?

— Oui, c'est bien moi.

— Merde ! Curveillé, Curveillé ! Putain, mais c'est pas vrai !

Il courut et enveloppa le Lyonnais dans une étreinte de grand ours, lui coupant la respiration, lui communiquant son odeur, mélange d'eau de Cologne et de feu de bois.

— Pedro, si tu savais combien de fois j'ai pensé à toi, à nous, à tout ce bordel qu'on a connu. Mais qu'est-ce que tu fous ici ? Oh ! j'en connais une qui va être surprise et toi aussi tu vas être surpris. Fatima ! Fatima ! Viens voir.

Il gueulait, serrant le bras de Curveillé comme s'il avait peur qu'il disparaisse.

Une femme mince, assez grande, apparut sur le pas d'une des grandes portes-fenêtres de la bâtisse. Elle était vêtue d'un jean délavé et d'un sweet-shirt rouge qui faisait ressortir sa peau bronzée. Le visage très fin, les cheveux tirés en arrière en un lourd chignon, elle était très belle, très classe, très Néfertiti.

— Tu la connais, hein, tu te souviens ?

— Non. Attends. Ce n'est pas...

— Si c'est elle. C'est bien elle.

En Algérie, les femmes étaient rares. C'est ce qui avait le plus manqué à la troupe. Les Européennes étaient inabordables, au début, pour des raisons géographiques, ensuite, pour des raisons idéologiques. Quant aux Mauresques, elles fuyaient, pour des motifs évidents de civilisation et de religion. Alors, la solution pour la majorité des trouffions c'était, sur les pitons, la veuve Poignet, en ville ou dans les villages, le bordel. Il fallait voir les longues files où les bidasses appuyés contre un mur, fumant une cigarette et discutant entre eux, attendaient leur tour pour entrer dans un local minable où officiaient deux ou trois filles décaties sur des lits de campagne.

— Allez mon mignon, s'écriait une gorgone mafflue, tu as un gant, une serviette et un savon. Tu te laves la quiquette et on y va.

Parfois, elle aidait aux ablutions et le jeunot ne se dominait pas, tout partait avec la mousse du savon. Bonne fille, la pute riait et le gars avait droit à un deuxième coup. C'était du vite fait. La fille s'allongeait, baissait parfois les bretelles de sa robe sur des seins fatigués, écartait les jambes sous sa robe retroussée. Le bidasse gigotait un peu, pour la forme, elle poussait un gros soupir. Au suivant.

Delorme s'était épris de Fatima qui était bonne à tout faire au bar-casse-croûte de Saint-Cloud, la base arrière. Avant le couvre-feu, les bidasses, ceux qui avaient quartier libre, se rendaient dans le seul endroit de ce village d'Algérie où ils avaient l'impression d'échapper à leur condition. Le patron, un pied-noir à l'œil sombre mais au cœur tendre, avait l'habitude de voir sa femme, ses filles, la serveuse et la bonne se faire draguer par les soldats. De temps en temps, il y mettait le holà. L'éconduit rougissait, ses copains rigolaient, pendant une semaine on en faisait des gorges chaudes et tout rentrait dans l'ordre. Avec Delorme, cela s'était passé différemment. Tout le monde avait senti que c'était sérieux. Surtout après l'altercation entre Delorme et Moreno qui avait eu le malheur de dire au grand paysan qu'il voyait se raser de près et ajuster sa cravate :

— Oh, tu vas voir ta bougnoule ? Elle aurait pas une petite copine à me présenter, par hasard ?

Pour la première et dernière fois, les copains avaient vu Delorme sortir de sa réserve. Il avait chopé Moreno par le cou, l'avait soulevé de terre en le regardant dans les yeux :

— Je t'en prie, ne dis plus jamais ça.

A dater de ce jour, les gars du groupe n'avaient plus employé les termes habituels de crouille, de melon, de bougnoule, de tronc-de-figuier et avait salué Fatima avec gentillesse comme faisant partie du groupe. Elle n'y avait rien compris, sans aucun doute, mais cela avait encore dû améliorer ses relations avec Delorme qui passait désormais tous ses quartiers libres accoudé au bar devant une bière à regarder la jeune fille s'affairer.

Le patron, bon bougre, un jour, après un clin d'œil à Delorme, avait ouvert la porte vitrée de la salle qu'il réservait aux banquets et là, face à face, durant une heure ou deux, se tenant la main Delorme et Fatima avaient eu des conversations à n'en plus finir. On les voyait, immobiles en ombre chinoise, à travers le verre dépoli, tandis que, dans le bar enfumé, au milieu des soldats, les gens vociféraient, refaisaient le monde mais, surtout, ne parlaient pas de l'Algérie.

— Regarde, c'est ma femme maintenant, et

Delorme montrait son épouse avec une fougue émerveillée et attendrissante. On a deux filles et un garçon. Un jour, un an à peine après que je sois rentré de là-bas, elle est arrivée au milieu de la cour, chez mon père, une valise d'une main, un baluchon de l'autre, c'est tout. J'aime autant te dire que cela a été une surprise, le vieux a fait la gueule pendant trois jours, ma mère l'a adoptée tout de suite.

— Cela n'a pas dû être facile pour arriver ici.

— Oh, on n'avait pas cessé de s'écrire, par l'intermédiaire du patron du bistrot. Lui aussi, il a tout laissé. Il est rentré quelques mois après nous. Il est reparti à zéro, a monté un bar à La Ciotat. On va le voir une fois par an. Il est venu plusieurs fois ici. Ses filles, les jumelles à qui tu donnais des cours, sont institutrices et... mais parlons de toi, comment as-tu fait pour nous retrouver ?

— Le Minitel et la femme d'Aboulin.

— Ah, le pauvre vieux, il n'a pas eu une vie bien heureuse. Il ne s'est jamais remis de l'Algérie. Il ressassait tout le temps les embuscades, les combats de nuit, les rues d'Oran, la Préfecture, surtout la Préfecture. Sa femme nous a dit que, souvent la nuit, il gueulait et qu'aussi souvent il roulait par terre à la recherche de son P.-M.

— Ça m'arrive encore, dit Curveillé à mi-voix, quelques fois par an.

— Non, pas à moi, reprit Delorme, mais dans les bois je regarde souvent en arrière.

Ils étaient entrés dans une vaste pièce meublée à l'ancienne, une grande table en orme, de hautes chaises massives, un vaisselier, de vieux fusils de chasse croisés sur les murs, des tableaux représentant des scènes bucoliques.

— C'est beau chez toi, dit Curveillé.

— Oui, on n'a pas rechigné à l'ouvrage. On a travaillé dur. Lorsque je suis rentré, j'ai repris la ferme avec mon père et des idées ont été lancées, adaptation, reconversion, etc. J'ai pu avoir des prêts et transformer ce vieux moulin en gîte rural. Derrière, j'ai monté un camping. Je reçois des Parisiens, des Lyonnais, des Stéphanois, des gens de la France entière. On commence à voir des Allemands. Ce sont de bons clients, ils reviennent chaque année, on voit leurs gosses grandir. Dis donc, je parle, je parle mais il n'y a que moi qui parle.

Curveillé sourit. Le grand Delorme avait changé. Comme il fallait. Il était devenu ce qu'on espérait qu'il devienne. C'était bon de le retrouver ainsi. Il demanda :

— A part Aboulin, tu n'as revu personne ?

— Non. Si, tout à fait par hasard, Bix.

— Bix !

Le cœur de Curveillé s'emballa.

— Oui, Ledutal, je l'ai revu à Valence.

— Et comment ?

— Oh, vraiment un coup de pot. Comme je te l'ai dit, chaque année on va à La Ciotat rendre visite à M. Anton et on prend huit jours de vacances vers Villefranche-sur-Mer. J'ai l'habitude d'aller rejoindre l'autoroute à Valence et nous nous arrêtons souvent au Géant-Casino qui domine la route. On fait deux, trois achats et après on reprend la route pour ne plus s'arrêter. J'avais besoin de lames à raser et au rayon parfumerie, je tombe sur Bix. Ah, c'était lui, pas de problème : bien habillé, un peu blafard comme en Algérie. On a échangé quelques mots. J'ai senti que cela ne l'intéressait pas d'évoquer des souvenirs. En fait, j'ai eu l'impression que je le dérangeais. Alors, je n'ai pas insisté.

— C'est fantastique, vous n'avez rien convenu ensemble ni bu un pot ?

— Non, il était très distant, pas bêcheur, froid. Ça m'a surpris. Il était environné d'une équipe de gens. Il m'a simplement dit qu'il était inspecteur des ventes dans une maison de cosmétiques et qu'il était là, deux fois l'an, pour travailler avec ses représentants.

— C'est incroyable, s'exclama encore Curveillé, et tu as su la boîte pour laquelle il travaillait ?

— Je n'ai pas osé lui demander mais apparemment c'était Strom, d'ailleurs j'ai pris ce jour-là un paquet de rasoirs jetables de cette marque.

Ils passèrent la soirée à se raconter. Ils évoquèrent les souvenirs. Les enfants n'étaient pas là. Le garçon finissait un diplôme d'ingénieur à Toulouse, une des filles faisait une licence de lettres à Montpellier, l'autre était dans une école hôtelière près de Chamalière. Fatima, attentive, écoutait. Lorsqu'elle parlait, elle avait l'accent chantant du Velay. Elle et Delorme formaient déjà un vieux couple, émouvant. Lorsque Curveillé les quitta, très tard, il se sentit coupable de ne pas leur avoir dit le motif exact de sa visite mais il pensa que pour cette raison il devrait revenir et il en fut heureux.

CHAPITRE XVII

La grenade quadrillée était d'un vieux modèle, une défensive de la deuxième guerre mondiale, rouillée dans les interstices du quadrillage et la peinture du bouchon allumeur était écaillée. La goupille de sécurité avait été ôtée, ouvrant le levier de déclenchement.

Tout cela, Fernando Copla y Gomez eut le temps de s'en rendre compte car le méchant outil de guerre atterrit dans son giron, roula sur ses cuisses trapues, tomba sur la moquette de la Jaguar pour disparaître sous le siège.

Copla eut, qui sait, un instant pour maudire mentalement ces Anglais incompréhensibles qui n'installent pas, en série, l'air conditionné dans leur voiture de luxe, le forçant à baisser sa vitre pour faire entrer de l'air frais dans la voiture de location surchauffée par un incroyable soleil d'automne. Plus improbable encore est qu'il ait pu se demander à qui appartenait le bras vêtu de Prince-de-Galles, le poignet serré par des manchettes ornées de boutons en or, la main manucurée qui avait laissé choir l'engin de mort comme une figue trop mûre.

Copla sortit tout de même de sa réserve distinguée habituelle, pour hurler « Me cago la puta ». Prisonnier de la ceinture de sécurité, il trépigna de rage ou d'impuissance, s'épousseta comme si on lui avait déféqué sur la braguette. Seul, le chauffeur, Angel, avait vu dans le rétroviseur ce qui s'était passé. Il resta bloqué, les mains crispées sur le volant, la bouche ouverte sur un hurlement qui ne voulait pas sortir. Les deux autres passagers qui se prélassaient sur les sièges confortables de la belle anglaise regardèrent leur patron, étonnés.

Ces regards interrogateurs et surpris constituèrent la dernière impression rétinienne que Fernando Copla y Gomez emporta au Diable lorsqu'une partie de lui-même, des deux autres et de la voiture se séparèrent puis se mélangèrent en des données incompatibles.

Angel fut épargné. Miracle. Sa pieuse mère, dans son lointain village des hauts plateaux andins, n'avait pas invoqué en vain la Vierge de la Santa-Fe. Certes, Angel avait un bel éclat dans la cuisse, un autre dans l'épaule et une oreille arrachée mais il s'en tirait bien, surtout comparativement aux trois autres.

C'est l'oreille qui, curieusement, le faisait le plus souffrir et c'est ce qui le réveilla après le choc lorsque les gens du SAMU lui firent dans l'ambulance un pansement pour arrêter l'hémorragie. Il était seul dans le véhicule. Autour de lui trois blouses blanches s'affairaient. On l'avait couché sur le côté gauche car toutes ses blessures se situaient à droite. L'ambulance roulait, les signaux sonores et visuels en continu. Malgré les appels puissants, elle avait du mal à se frayer un chemin dans la circulation très dense, à cette heure-là, de la Rue de Rivoli.

Entre les lignes blanches qui occultaient à moitié les vitres, Angel, tout à fait conscient, voyait les badauds. A un moment, il vit un homme qui marchait calmement sur le trottoir. Cela lui rappela quelque chose. L'ambulance prise dans le flot des voitures dut marquer un arrêt. Elle stoppa à la hauteur de l'individu qui regarda autour de lui en posant la main sur le toit d'une 405. De la manche de sa veste dépassait une chemise blanche fermée par des boutons en or. Il se courba pour entrer dans le véhicule.

Angel venait de reconnaître le tissu écossais de la veste où s'opposaient différentes tonalités de gris, de blancs et de noirs. Avant de sombrer, à nouveau, dans le cirage il eut, malgré tout, le réflexe de noter dans sa mémoire la raison sociale qui était peinte sur la portière avant de la Peugeot.

Le défunt Copla n'était pas n'importe qui. C'était le bras droit de Pancho Pulga Ladilla, parrain de la Cocaïne colombienne et un des dix hommes les plus riches du monde grâce aux narco-dollars.

Pulga possédait des usines, des compagnies aériennes et maritimes, une flotte de pêche, une chaîne de grands magasins, des centaines de milliers d'hectares de bonne terre. Il était le patron du cartel de Medellin, ville située à plus de quatre cents kilomètres de Bogota et il inondait de cocaïne la Floride et la Californie, laissant New York City à un autre cartel colombien, celui de Cali.

A l'inverse de Pulga qui sortait des bas-fonds de Bogota, Copla était l'héritier d'une grande famille terrienne et il avait été l'un des rares Colombiens de sa génération à faire des études aux Etats-Unis. Il en était revenu pétri de civilisation américaine, diplômé de Harvard, parlant plusieurs langues étrangères dont le français. Le cartel l'avait choisi pour ses qualités de manager et chargé de la création de nouveaux marchés. Il s'était acquitté de sa mission au-delà de toute espérance, ce qui lui avait valu une notoriété internationale parmi les mafiosi et des retombées financières mirobolantes.

Il était celui qui avait démontré que la production, la fabrication, la commercialisation des stupéfiants doivent être considérées comme des activités agro-alimentaires de pointe dont il faut sans cesse trouver des dérivés, inventer de nouveaux produits, créer de nouveaux points de vente. Une de ses grandes réussites avait été de restructurer le cartel comme une entreprise de haut niveau en négociant la fusion des deux plus grosses entreprises de cocaïne de son pays, faisant de Medellin la capitale mondiale du Produit. C'est aussi sous son impulsion que dans les laboratoires du cartel des chercheurs avaient inventé le Bazuko et le Crack qui faisaient des ravages aux U.S.A. En sous-main, Copla avait même financé de grandes campagnes publicitaires contre le S.I.D.A. en montrant que les toxicomanes qui employaient l'héroïne prenaient d'énormes risques en utilisant des seringues ; sous-entendu donc, il faut abandonner le Cheval et passer à la Neige, plus propre, plus facile à consommer en sniffant ou en fumant.

Le marché américain de la coke devenait difficile quoique toujours juteux. Le Président Bush, aidé par une opinion publique de plus en plus consciente du danger, s'attaquait fermement aux problèmes de la drogue. Il avait obtenu du Sénat huit milliards de dollars pour son plan de lutte et avait passé des accords avec le Président de la République Colombienne, Virgilio Burco Vargas, pour annihiler les cartels.

Le temps était venu de se tourner vers la vieille Europe et de créer des marchés là où le cannabis et l'héroïne régnaient en maître. Avec l'Espagne et surtout la Hollande, le cartel avait deux points d'ancrage privilégiés, sans parler de la Suisse où de nombreuses banques continuaient sous des façades puritaines à blanchir l'argent le plus sale. La France, par sa situation géographique et ses nombreux territoires d'outre-mer, représentait un excellent centre de distribution, une plaque tournante comme disent les économistes.

Copla avait donc organisé un séminaire dans un palace somptueux de la Guadeloupe. Il avait rassemblé des hommes très différents mais essentiels, chacun dans sa partie, pour son projet. Or le Colombien était suivi à la trace par le service des Narcotiques américain et une information avait été lancée par Interpol. Elle tomba entre les mains d'un obscur juge insulaire qui croyant réussir le gros coup de sa carrière avait coffré Copla, ses deux gardes du corps et son chauffeur particulier. Sans perdre de temps, il les avait mis dans un avion, escortés par une demi-douzaine de gendarmes, direction Paris.

Comme tous les juges français, il était en mal de publicité. Comme beaucoup de juges français, il fit des déclarations à la presse, trahissant ainsi le secret de l'instruction. Les médias s'en emparèrent, de grosses manchettes parurent dans les journaux, la justice française, la seule, la vraie, la plus pure était en passe de régler son sort aux gangs de la cocaïne.

Cocorico lamentable. C'était faire fi des influences, des compromissions, de la politique, du big-business. Copla n'était pas n'importe qui. Il pesait lourd, même la C.I.A. n'avait pas encore osé ou vraiment voulu se le farcir. Alors les Français, face à un type qui représentait des milliards de dollars, qu'avaient-ils à espérer ! On trouva un vice de procédure dans l'incarcération de Copla et de ses compagnons, trois jours plus tard ils étaient libres, photographiés. Ils s'installèrent à l'Hôtel Crillon. Le juge fut engueulé, blâmé, muté à Lille où, sous des cieux moins cléments, il aurait, en tant que juge pour enfants, à s'occuper des gosses des quartiers populeux qui sniffent la colle au fond des sacs des supermarchés.

Quelques journaux s'insurgèrent. On s'indigna dans les chaumières que la loi fût ainsi détournée. *Témoignage Chrétien* publia un hors-série fracassant livrant des noms et presque des adresses. Un député qui remuait ciel et terre pour qu'on continuât une commission d'enquête au niveau de l'Assemblée Nationale reçut une communication téléphonique suffisamment explicite.

— Bonsoir, dit une voix posée.

— Bonsoir, dit le député interloqué. Comment avez-vous fait pour avoir ce numéro, il n'est pas dans l'annuaire ?

— Qu'importe, répondit la voix, c'est sans importance. Par contre, votre fille est au Lycée de

Fontainebleau ; vous devriez bien la surveiller, surtout si vous mettez votre nez là où il ne faut pas.

La France eut honte et quelqu'un, plus encore, puisqu'il fut capable d'attendre patiemment que Copla et ses copains quittent l'hôtel et sortent en voiture pour leur régler leur compte. « Vérité et justice quoiqu'il en coûte » prônait *Témoignage Chrétien* en exergue sur la première page de son Hors-Série. Voilà qui était fait.

Le survivant, Angel, émergea d'un long sommeil dans une chambre d'hôpital. Il lui fallut quelques minutes pour accommoder sa vue et reconnaître l'homme assis dans un fauteuil à côté de son lit. Angel connaissait bien ce monsieur distingué qui accompagnait parfois son patron lorsqu'il rendait visite au Big-Boss dans sa propriété paradisiaque sur les hauteurs de Medellin. Le peu que savait le jeune chauffeur c'était que ce Monsieur était le correspondant du cartel pour l'Europe.

— *¿ Cómo te encuentras, Angel ?* demanda le visiteur.

— *¿ Bien, pero los otros ?*

— *Muertos.*

— *¿ Don Fernando ?*

— *Muerto.*

— ¿ Que pena !

— *Sí. Viste algo, Angel ?*

— *Un hombre alto, delgado, cuarenta y cinco años, Europeo, bien vestido, un traje gris, subía en un coche que nos conozco, un Peugeot sería, tenía letrero como la marca de un empresa en la puerta de delante.*

— *¿Que marca, chico?*

— *Strom.*

— *¿Muy bien. No te acuerdas de otra cosa, un detalle?*

— *Nada más.*

— *Pues no te preocupes, nos encargaremos de todo*[1].

1. — Comment te sens-tu, Angel?

— Bien mais les autres?

— Morts.

— Don Fernando?

— Mort.

— Que c'est triste!

— Oui. Tu as vu quelque chose, Angel?

— Un homme grand, mince, quarante-cinq ans, européen, bien habillé, un costume gris, il montait dans une voiture que je ne connais pas, une Peugeot peut-être, elle avait un groupe de lettres comme la marque d'une société sur la porte de devant.

— Quelle marque, petit?

— Strom.

— Très bien. Tu ne te souviens pas d'autre chose, un détail?

— Rien de plus.

— Bon, ne te fais pas de souci, nous nous chargeons de tout.

CHAPITRE XVIII

Voir Morizio s'habiller, c'était presque assister à un rituel barbare. Fines chaussettes montantes, sous-vêtements monacaux en coton, chemise blanche immaculée, costume noir choisi dans la penderie parmi une quinzaine d'autres identiques. Une fois le pantalon mis et la ceinture serrée sur la chemise, il fixait sous son aisselle gauche l'holster où venait se loger l'impressionnant Beretta et se baissait pour attacher, à son mollet droit, un minuscule étui contenant un non moins minuscule Baby-Browning, arme de la dernière chance.

En vérité, le petit automatique de calibre 6,35 n'était qu'un leurre pour détourner l'attention lors d'une fouille car en dessous du col de ses chemises, au dos, Morizio avait aménagé une gaine verticale dans laquelle venait se loger un stylet à lancer en acier monobloc, engin beaucoup plus efficace dans sa main que le léger pétard à faible puissance d'arrêt et très imprécis.

Pour qu'on ne remarquât pas la bosse produite par l'arme plate, l'Italien avait pris l'habitude de se tenir très droit, les épaules en arrière et les omoplates rentrées, ce qui lui conférait une allure un peu compassée. En mettant sa veste, il bougeait les épaules, tournait le cou, lissait ses cheveux, faisait un tour sur lui-même en s'examinant dans la glace, tel un torero, mais pas à la manière d'un gitan du sud de l'Andalousie, voleur de poules ou danseur de tripot réhabilité par la corrida, plutôt à la manière de Luis Miguel ou de Paco Camino.

Quelques employés logeaient dans les dépendances de la fastueuse maison de Saryan mais Morizio avait son propre appartement, au rez-de-chaussée, dans une aile de la maison de maître. Responsable de la sécurité du richissime Arménien et de sa famille, le Sicilien devait pouvoir intervenir à tous moments, avec comme support l'équipe des gardiens et leurs molosses. La maison était gardée comme une citadelle mais Saryan n'était pas n'importe qui.

L'appartement spacieux, un rien trop grand pour un célibataire, renfermait des meubles fonctionnels et des bibliothèques regorgeant de livres d'Art et de revues étrangères sur les musées du monde entier ainsi que des catalogues luxueux sur les expositions. Dans le salon trônaient un écran de télé géant et un ensemble stéréo très sérieux et, tout autour, couraient des casiers où était rangée une collection imposante de disques classiques et surtout d'opéras.

Sur un meuble, deux photos dans des cadres en argent tarabiscoté se faisaient face. L'une représentait une belle femme méditerranéenne, en noir, en bord de mer sur des rochers calcaires, le vent plaquait ses vêtements sur un corps épanoui. On aurait dit Ava Gardner mais ce n'était pas elle. Dans l'autre cadre, œil de velours et dents éclatantes, c'était Maria Callas, sans conteste, qui souriait. A divers signes extérieurs, on comprenait que Morizio n'était pas un simple employé. Les gens qui approchaient pour la première fois Saryan se rendaient vite compte que l'ombre protectrice était avant tout le bras droit et séculier du marchand d'armes et que, si Morizio n'entendait rien aux affaires, tout le reste le concernait.

On était déférent avec lui et on le respectait avec ostentation, supposant que, dans le secret des relations entre lui et son patron, il pourrait favoriser quelqu'un qui lui avait plu. Il n'en retirait aucune morgue, aucun sentiment de supériorité et jamais n'aurait affiché un semblant de familiarité avec Saryan dont il se considérait toujours comme le serviteur attentif et dévoué.

D'un simple coup d'œil ils se comprenaient.

La famille de l'Arménien avait depuis longtemps admis ce langage secret des deux hommes qui échangeaient des messages sans un mot. Cela avait le don d'étonner les autres gens. Un ancien ministre, n'ayant guère réussi dans le métier des armes et démago à ses moments les plus forts, avait cru bien de dire à Saryan à propos de Morizio :

— Vous devriez me le prêter quand je vais dans certains pays sensibles.

Ce à quoi le marchand d'armes avait répondu :

— Monsieur le ministre, Mario est un ami, ce n'est pas un domestique.

Dépité par cette réponse trop sèche à une question qui n'était qu'une flagornerie de plus, l'ex-ministre s'était retourné vers un de ses sbires et lui avait dit :

— Il faudra que vous me fassiez un dossier sur ce type, on a peut-être quelque chose à gratter.

Le talentueux lèche-bottes était allé creuser très loin, presque dans la petite enfance du Sicilien pour mettre à jour un passé tumultueux plein de suppositions terribles, de délits rarement mis à jour, de peines couvertes par les diverses lois d'amnistie et une condamnation à mort par Franco, ce qui à notre époque est un titre de gloire.

Pour l'heure, Morizio était préoccupé. Il sortit dans le petit matin et, seul signe de nervosité chez un homme qui affichait autant de sentiment qu'un poignard florentin, il alluma une Muratti's Ariston. La première gelée de l'année avait posé du blanc sur le gazon tondu au rasoir. Il frissonna et rentra pour endosser un manteau presque aussi sombre que son costume.

C'était Curveillé qui le préoccupait. Sa façon de remuer le passé, de se croire investi d'une dette indélébile lui faisait éprouver de grandes craintes pour son ami car il se demandait dans quel guêpier il allait se fourrer.

L'autre, celui qui se livrait à ces crimes de justicier, ne pouvait être qu'un fou, un parano dangereux. Morizio savait que les pros ne tuent que par nécessité. La vengeance dans le Milieu ne se fait que si elle est utile, si elle sert aux affaires, sinon malgré les haines et les rancœurs on s'entend.

Qu'avait découvert Curveillé ? Il avait téléphoné pour dire que son voyage dans le Massif central avait été payant, qu'il avait des tuyaux de première main.

Aussitôt, Morizio l'avait exhorté à ne rien faire, à ne rien tenter avant qu'ils ne se soient vus. Le Lyonnais avait été réticent, ne voulant pas, en toute bonne foi, mettre encore à contribution son vieil ami. Celui-ci avait dû hausser le ton pour obtenir un rendez-vous.

Ils avaient convenu d'une rencontre dans le vieux Lyon, dans une librairie qu'affectionnait tout particulièrement Curveillé et dont Morizio n'avait jamais entendu parler. Du garage sous-terrain de la maison, l'Italien téléphona aux gens de la sécurité pour dire qu'il s'absentait quelques heures. Au volant d'une superbe XM il descendit l'allée principale de la propriété et dans un virage croisa Mariam, la plus jeune des filles de Saryan. Il s'arrêta pour saluer la jeune femme qui, malgré le froid, se promenait avec son Setter irlandais.

La trentaine, mince, jolie, elle avait hérité de sa mère une gentillesse à toute épreuve et de son père un regard charbonneux qui, depuis peu, avait perdu la tristesse due à un mariage malheureux.

Elle s'était amourachée d'un play-boy de club hippique, beau parleur, blond, musclé. Le mariage avait été fastueux. Ils avaient couru le monde et les lieux à la mode, Marbella, Big Sur, Deauville, Indianapolis, Saint-Moritz. Bien avant qu'elle ne le surprenne au lit avec une jeune fille à peine pubère, elle s'était déjà fait une idée. Le divorce fut aussi rapide, le play-boy envoyé ailleurs avec ordre de ne plus paraître, un portefeuille bien rempli lui permettant de s'adonner à ses deux sports favoris, l'off-shore et les nymphettes.

Maintenant tout cela était du passé et Morizio avait remarqué que, lorsque Curveillé venait en visite, Mariam devenait plus vive, plus enjouée et, sans en être consciente, cherchait à plaire. Le vieux renard avait tout de suite compris mais, avec sa finesse de conspirateur, il savait aussi que c'était trop tôt, Curveillé n'étant pas prêt à oublier Lola.

L'Italien pensait que le temps jouerait, peut-être, un jour ils se trouveraient, pour la plus grande joie de son patron. Alors, sans en avoir l'air, il posait ses jalons.

— Bonjour, mademoiselle, il fait bien froid.

— Bonjour, Mario, jamais vous ne m'appellerez par mon prénom, suis-je si vieille ?

— Non, Mariam, mais les vieux messieurs comme moi ne peuvent se départir de certaines manières.

— Pourtant vous m'avez connue toute petite, je n'ai pas beaucoup de secrets pour vous et vous savez sur ma vie des choses que même mon père ignore. Vous sortez ? Vous n'avez pas un moment ? Nous aurions pu marcher un peu ensemble.

— Excusez-moi mais j'ai rendez-vous, avec M. Curveillé.

— Oh ! avec Pierre ! Donnez-lui le bonjour de ma part, n'oubliez pas. Dites-lui qu'il se fait rare, qu'il m'a promis de me prêter un livre sur les traboules, dites-lui que je... J'exagères ? n'est-ce pas, Mario dit-elle en rougissant comme une gamine de quatorze ans.

— Non, Mariam, pas du tout.

Elle le regarda sans rien dire, lui prit la main, la serra très fort et se détourna brusquement pour disparaître sous les grands arbres, le chien couleur de feu fôlatrant autour d'elle.

Morizio, au volant de la Citroën, arriva très vite

sur la rive droite de la Saône ; il gara la voiture au parking du quai Romain-Rolland, face au Palais de Justice. Il monta dans le quartier pittoresque de Saint-Jean par la rue de la Baleine, prit la rue des Trois-Maries et franchit la porte de Choc-Corridor. Visiblement, Curveillé était là depuis un bon moment. Il s'était embarqué dans une conversation très animée avec Legrand et Ulmann, les deux libraires, personnages déjà légendaires du Vieux Lyon, encyclopédistes du polar et des magazines rétro, amoureux sensuels du papier périmé.

— Vous ne croyez pas que nous devrions aller dans un lieu plus discret pour parler de votre affaire, dit l'Italien décontenancé par les lieux.

— Mais non, venez Mario, on va se trouver un coin où nous pourrons converser à l'aise.

Curveillé entraîna son ami dans une pièce isolée au fin fond de la librairie. Ils s'assirent entre des piles de bouquins sentant le moisi et Curveillé raconta son périple en Auvergne jusqu'à la découverte que Bix travaillait, du moins jusqu'à l'année dernière, pour la société Strom.

— Je suppose que vous avez questionné cette société ? demanda Morizio.

— Oui, son siège n'est pas à Paris comme on pouvait s'y attendre, mais en Haute-Savoie, à Annecy. Au téléphone, j'ai bluffé en me présentant comme le directeur d'un grand magasin qui voudrait rencontrer M. Ledutal qui m'a fait une grosse impression et dont j'aimerais avoir les conseils pour restructurer mon département des cosmétiques.

— Et cela a marché ?

— Oh ! Au-delà de toutes mes espérances. Ils ont

été intarissables. Il n'est plus inspecteur des ventes, il a eu une promotion, il est directeur régional et habite Cannes.

— Je comprends maintenant sa mobilité. Son métier est une excellente couverture pour se déplacer, pour être là où il veut sans que nul ne s'étonne. Pour couronner le tout, il gagne très bien sa vie et ne doit avoir aucun problème financier. Cependant, je me demande comment il a pu se procurer autant d'armes et des armes aussi diverses.

— Là aussi, j'ai la réponse. C'est un des copains qui me l'a rappelé. En Algérie, tous les pieds-noirs étaient armés jusqu'aux dents. Pendant la période folle de la terre brûlée commandée par l'O.A.S., nous passions au crible des tas de gens, des voitures, des fermes, des immeubles, quartier par quartier. Dès que la troupe arrivait, les caniveaux, les poubelles, les montées d'escaliers, les vide-ordure se remplissaient des armes les plus hétéroclites. On n'avait qu'à se servir et mettre de côté ce qui nous plaisait, sans aucun contrôle : coups-de-poing américains, matraques, pistolets, revolvers, fusils de chasse, grenades, poignards. Si on avait voulu, on aurait aussi bien pu mettre de côté un fusil mitrailleur ou un lance-roquette.

— Mais à quoi cela vous servait-il ? s'enquit Morizio.

— A rien. On était jeune, on frimait et c'était une sécurité, lorsqu'on sortait en quartier libre, de sentir sous la chemise le poids d'un Mauser ou d'un Tokarev. Beaucoup d'entre nous sont revenus avec leur arme fétiche, leur souvenir de guerre.

— Vous ?

— Non, ce n'était pas mon truc.

— Mais, les autres, comment ont-ils fait ? On devait le savoir, vous fouiller.

— Bien entendu. Pour éviter qu'une quantité importante d'armes incontrôlées ne reviennent en France, les soldats qui étaient libérés, avant de monter sur les transports de troupe, à destination de Marseille ou de Port-Vendres, étaient sévèrement fouillés. Malheur à celui qui se faisait prendre avec une arme dans son paquetage. C'était le Tribunal des Forces Armées, la prison militaire, des mois, parfois des années de rab, sous la férule de mâtons militaires complètement tarés. Aussi, peu d'armes arrivèrent en France dans les paquetages mais beaucoup dans des tas de colis anonymes.

— Expliquez-moi cela, je ne vois pas très bien.

— Oh ! c'était très simple. Il suffisait d'avoir en France un ami, une amie, une relation sans lien de parenté avec vous afin qu'une enquête pointue ne puisse remonter jusqu'à votre propre personne. Vous lui envoyiez l'arme ou le plus souvent, à date espacée, une série de petits colis contenant l'arme en pièces détachées. Le nom de l'expéditeur était un nom bidon. Si le colis passait les contrôles, pas de problème. On vous le mettait de côté jusqu'à votre retour. Si il était intercepté, le destinataire faisait l'imbécile, jurait ses grands dieux qu'il ne connaissait personne du nom de l'expéditeur, ne comprenait pas pourquoi on se servait de lui pour faire passer des armes. Pendant un an la gendarmerie surveillait ses paquets mais plus rien n'arrivait, la source était tarie, on croyait à l'erreur. Pendant ce temps une autre boîte à lettre recevait un morceau de ferraille qui, mis à bout d'autres morceaux de ferraille, devenait un sérieux objet de mort.

— Ainsi, des tonnes d'armes ont dû transiter chez le collègue d'atelier, le pote réformé, heureux de jouer un rôle, le frère de la fiancée, le copain du club de sport.

— Vous comprendrez mieux encore lorsque vous saurez que Bix avait la passion des armes et cela bien avant qu'il ne sombre dans sa sorte de névrose à la Préfecture. Il était tellement heureux d'ajouter une nouvelle pièce à sa collection que, nous tous, nous nous ingénions à lui rapporter l'automatique espagnol ou le revolver tchèque qu'il n'avait pas. Ensuite, c'était son problème comme c'était le problème de chacun d'entre nous. Par le biais des pièces détachées, il envoyait en France, à je ne sais qui, tout ce qui lui tombait sous la main.

— Il a dû se constituer un musée dont les objets n'ont plus d'histoire, volés dans les arsenaux ou vieux stocks des campagnes d'Afrique du Nord de la Deuxième Guerre mondiale et surtout ne permettant pas de remonter jusqu'à lui. Décidément, votre ancien copain est très fort. Il a toutes les cartes en main mais, quelque part, il est fou et c'est ce gars-là que vous voulez absolument retrouver !

— Oui, Mario. Rien ne changera ma décision. Demain je pars à Cannes.

— Mais enfin, qu'espérez-vous ?

— Je croyais vous l'avoir déjà dit. Pas grand chose au juste. Le voir, discuter, essayer de le sortir de là.

— Laissez-moi, au moins, vous accompagner.

— Non, c'est hors de question.

— Ne soyez pas ridicule. Là, vous frisez l'inconscience. Je vous suivrai, en couverture. Vous me connaissez, vous ne vous apercevrez même pas de ma présence.

— C'est vous mettre encore à contribution.

— Allons, vous devez bien vous douter que l'action me manque et qu'au fond j'aimerais bien voir de près ce type pour lequel vous avez un tel attachement.

— D'accord, Mario, vous me servirez de couverture mais n'oubliez jamais que ce type-là m'a sauvé la peau.

CHAPITRE XIX

Curveillé arriva en haut de Cannes vers onze heures du matin. Il sortit de l'autoroute par le Canet-Rocheville. Avant de partir, il avait soigneusement étudié le plan de la ville et savait où il allait.

Maintenant qu'il approchait du but, son excitation était dominée. Il se sentait plus calme, plus sûr de lui et ne voulait pas presser le mouvement.

Il trouva facilement la rue et l'immeuble où devait résider Ledutal. Sans s'arrêter, il en fit le tour, une fois. Le quartier était paisible, mélange de beaux immeubles, de villas modernes et de rares bicoques que les promoteurs n'avaient pas encore réussi à acheter.

De Lyon, il avait réservé une chambre dans un hôtel du centre-ville, le Wagram, rue d'Antibes. Il y posa ses bagages, fit quelques ablutions et sortit, à pied, laissant sa voiture au garage de l'hôtel. Il était habillé avec recherche, costume trois pièces et cravate en soie, pardessus noir.

Lorsqu'il était parti, sa ville était plongée dans la brume et le froid. La radio, alarmiste, avait annoncé un taux de pollution record. Cannes était dans le soleil mais il y faisait très froid et le pardessus n'était pas superflu.

Il déambula un moment sur la Croisette.

La mer était calme, le sable net, tout avait cet aspect de luxe que recherchent les dames en chapeau et les vieux messieurs retraités, légion d'honneur à la boutonnière.

Il entra à la Maison de la Presse pour acheter une revue de jazz anglaise. La vendeuse ne connaissait pas.

Il se sentit un grand creux car il n'avait pas sacrifié au sacro-saint casse-croûte du matin. En bon Lyonnais, il hésita dans les Allées entre plusieurs restaurants ; chez Astoux, malgré la réputation, les fruits de mer devaient arriver moins vite qu'à Lyon. Il se souvint qu'un ami lui avait recommandé un restaurant à La Napoule, il prit un taxi et se fit conduire à la Belle Auberge. Il y dégusta une excellente bourride. Les clients étaient rares. Le chef vint dans la salle et engagea la conversation avec Curveillé auquel il eut le malheur de déclarer que dans sa bourride n'entraient que des poissons nobles, appellation que le Lyonnais prit un malin plaisir à critiquer car tous les poissons sont nobles quand ils sont bien préparés. Il crut avoir fait triompher son point de vue en assénant au cuistot souriant qu'un loup vaseux n'arrive pas à la cheville d'un merlan frais bien frit et qu'un maquereau qui saute du bateau sur le gril vaut mieux qu'une lotte à la sauce Buittoni.

Après le Marc d'Arbois du chef, il envisagea de rentrer à pied mais il faisait trop froid et ce qui devait être une longue et belle promenade en bord de mer, l'été, s'avérerait une punition. Il reprit un taxi.

Dans Cannes, il fit la balade du touriste ordinaire, baguenaudant au hasard des rues, éliminant les vapeurs du bon repas avant de récupérer sa voiture. Il se perdit dans les sens uniques et les interdits en remontant vers le Canet mais retrouva assez vite la résidence de son ancien compagnon. Il passa devant l'immeuble, gara la Peugeot à une centaine de mètres et revint d'un pas nonchalant inspecter les lieux. Le bâtiment était moderne, cossu sans ostentation et l'accès à l'intérieur régi par un vidéophone. Le cœur battant il chercha le nom de Ledutal et le trouva. Mû par une impulsion subite et incontrôlée, il appuya sur le bouton d'appel et attendit, surpris par son propre geste, regrettant presque de ne pas avoir plus réfléchi. Il n'y eut pas de réponse.

— Vous cherchez quelqu'un, monsieur ?

Il se retourna, perplexe, face à une femme, la quarantaine bien assumée, pas du tout agressive, prête à rendre service.

— Oui, M. Ledutal, répondit-il, mais apparemment il n'est pas chez lui.

— Il doit rentrer ce soir. Je suis sa voisine du dessous. Je garde son chat quand il voyage et lorsque son ami doit aussi s'absenter, dit-elle, avec un sourire complice, en détaillant un peu trop son interlocuteur.

Pendant qu'elle parlait, un homme, la trentaine, les cheveux longs, bien habillé dans un costume trop ajusté sur un corps d'athlète, s'était approché et l'écoutait. Elle se retourna vers lui, toujours aussi serviable pour dire :

— Puis-je faire quelque chose pour vous ?

— Non, merci, j'ai rendez-vous avec quelqu'un, ici.

Curveillé remercia à son tour la femme qui entra dans l'immeuble en refermant précautionneusement la porte vitrée. Ayant rejoint sa voiture, il ne démarra pas aussitôt, les mains posées sur le volant, les yeux tournés vers ses images intérieures. Il décida de revenir vers vingt heures.

En démarrant en douceur, il s'engagea dans une large avenue qui descendait vers Cannes. Passant devant un supermarché, il freina, se rappelant soudain qu'il avait oublié ses affaires de toilette et qu'il lui fallait se munir d'une bombe à raser et de quelques rasoirs jetables.

Le parking souterrain du grand magasin était plein sauf un coin très obscur où les gens ne devaient pas oser se placer, craignant les mauvaises rencontres ou l'arrachage de leur auto-radio.

Il se gara au milieu d'un large espace vide, prit l'ascenseur, déambula un peu dans le magasin qui, ce jour-là, affichait une promotion sur les vins fins. Il s'étonna auprès d'un vendeur de ne pas trouver de Condrieu au rayon des vins blancs et, heureux comme un collégien qui a posé une colle à son prof, il alla au rayon parfumerie où il acheta une ligne de produits de rasage Strom. Dans le magasin les guirlandes et les arbres de Noël scintillaient déjà.

En reprenant l'ascenseur, d'un seul coup, il eut le cœur gros en pensant que ce serait le deuxième Noël sans Lola.

Pour se changer les idées, il sifflota un vieux thème d'Erroll Garner mais, sur ses lèvres, *Trio* manquait de conviction. Il continua de siffloter pour se donner une contenance lorsqu'il vit, trop tard à cause de l'obscurité des lieux, un type appuyé contre sa voiture, un type qui ressemblait comme un frère à celui qui disait avoir rendez-vous devant l'immeuble de Bix.

Curveillé remarqua que deux autres voitures encadraient la sienne. Il crut qu'il était encore temps de faire demi-tour lorsqu'un autre gars surgit de derrière un pilier. Même look de footballeur nordique endimanché, même costume coûteux contenant mal des muscles peu harmonieusement répartis, bras frêles, grosses cuisses, visage mince et blafard, cheveux longs. Des types pas nets, ayant du fric mais en retard d'une douche.

Quand Curveillé mit la main dans sa poche pour prendre ses clefs et en faire un méchant coup-de-poing américain, celui qui était appuyé contre la voiture écarta sa veste comme pour se saisir de son portefeuille et dégagea un gros automatique nickelé.

— Attention, dit-il d'une voix calme, tu lèves les mains, tu avances vers moi mais ne fais pas le con car tu n'auras pas d'autre avertissement.

Le ton était calme, la voix ne trahissait aucune émotion, aucune adrénaline mal maîtrisée. Un pro.

Curveillé, maladroitement, mais comment pouvait-il faire autrement, essaya de le prendre de haut :

— Eh, qu'est-ce que vous voulez ? On n'est pas au Far West !

Le coup qu'il prit, en vache, dans les reins par le deuxième malfrat, lui coupa le souffle et l'envoya se tordre de douleur aux pieds du premier qui le releva d'une main par le col et le coinça contre une des voitures. Il le fouilla et sembla étonné de ne pas trouver une arme quelconque.

— Ecoute, tu n'as pas très bien compris à qui tu avais affaire.

— Mais, je n'en ai rien à foutre, éructa Curveillé.

— Ne fais pas le malin.

Du plat de son arme, sèchement, le truand frappa Curveillé au visage. La pommette en prit un coup et l'arcade sourcilière péta, le sang coula. Le Lyonnais n'y vit plus que d'un œil tandis que machinalement sa langue lapait le sang qui coulait sur ses lèvres.

— Dis-nous pourquoi tu t'intéresses à Ledutal.

— C'est un copain, je venais le voir, c'est tout.

— Ah oui et tu es obligé de demander des renseignements aux voisines, un drôle de copain alors.

— Je vous dis que c'est un copain, un copain de régiment, autrefois.

— Tu te fous de moi, pourquoi pas un ancien de la communale. Allez, on va t'emmener faire un tour puisque tu veux jouer les marioles.

Curveillé voulut prendre un mouchoir dans sa poche pour s'essuyer le visage mais l'autre, bien que l'ayant fouillé et sachant que rien de dangereux ne pouvait en sortir, prit prétexte pour frapper encore. Cette fois, ce fut la peau du crâne qui céda et un nouveau flot de sang inonda les oreilles et le cou du Lyonnais qui sembla avoir été écorché vif. La douleur vrilla son crâne mais en même temps la rage déferla. Le type avait commis une grave erreur. Pour porter son coup il s'était trop approché et le genou du Lyonnais lui remonta les couilles jusqu'aux amygdales ; c'est du moins l'impression qu'il eut jusqu'au moment où un terrible coup de boule le cueillit cette fois en plein front et l'envoya appeler sa mère au tapis. La contre-attaque n'avait pas arrangé l'arcade déjà fendue. Curveillé n'eut guère le temps de savourer sa revanche.

En se retournant pour affronter le second truand, il trouva un autre canon de revolver braqué à deux mains sur sa figure en piteux état.

— Continue, c'est ça, continue, connard, bouge encore d'un millimètre et je te descends. Si tu savais comme j'en ai envie !

Celui-là était plus nerveux, moins sûr de tenir la situation en main. Ils s'observèrent quelques secondes dans un silence pesant troublé par le bruit de fond des voitures qui entraient et sortaient dans l'autre périmètre du garage. Puis, leur attention fut détournée par un léger bruit. Ils virent la vitre de la voiture garée à côté de celle de Curveillé s'abaisser en un lent chuintement et le canon noir d'un imposant automatique sortir de l'obscurité.

— Pas un geste ou c'est la mort, dit la voix de Morizio, invisible dans la voiture aux vitres teintées. Pierre, prenez son revolver. Attention, faites-le avec un mouchoir. Ces individus se promènent, peut-être, avec des armes ayant déjà servi. Ne mélangez pas vos empreintes aux leurs.

Curveillé était sidéré. Il avait du mal à croire que c'était Mario qui intervenait, comme dans les bois au-dessus de Vienne, face aussi à deux tueurs d'atroce mémoire, après l'assassinat de Lola.

De sa voix métallique et impersonnelle, Mario reprit :

— Toi, va à ta voiture et tu t'assois à la place du conducteur, tu mets la ceinture de sécurité, tu poses tes mains sur le volant et tu ne bouges plus. Pierre, essayez de secouer celui que vous avez sonné. Au fait, bravo, je ne savais comment intervenir, vous étiez pris entre eux deux. Installez-le à côté de son copain, si vous le pouvez, mettez-lui aussi la ceinture de sécurité et les mains sur le tableau de bord. Sans vous commander, il serait bon que vous passiez à l'arrière et que vous les teniez en respect pendant que nous aurons une petite conversation avec ces messieurs.

Tout se fit en silence, comme Morizio, le metteur en scène, l'avait intimé. Le truand que Curveillé avait frappé était en très mauvais état et le Lyonnais eut beaucoup de mal à le bouger.

Lorsqu'ils furent installés, Morizio, toujours invisible dans l'autre voiture, posa les questions.

— Inutile de vous dire qu'il va falloir répondre. Après ce que vous avez fait subir à mon ami, je ne vais pas m'embarrasser de sentiments. A l'inverse de vous, je ne frappe que si cela est nécessaire. Je ne fais pas mal gratuitement mais je suis un tueur. Nous savons, vous savez maintenant, que nous sommes entre gens sans scrupules. A quoi bon perdre du temps. Ma première question est la suivante : qui êtes-vous, d'où venez-vous, pour qui travaillez-vous ?

C'est le type au volant qui répondit, l'autre n'arrivait pas à émerger.

— On est responsables de la sécurité dans plusieurs night-clubs de la Côte. Ils appartiennent à

M. Moretti, un homme d'affaires de Marseille, mais de temps en temps, on fait des extras.

— Des contrats ?

— Si vous voulez.

— Cette fois quel était le contrat ?

— Il fallait trouver Ledutal à son domicile et l'embarquer.

— Vous deviez le descendre ?

— Non, nous devions le livrer.

— Où ?

— Sur la grande Corniche, avant la Turbie, dans une aire de stationnement.

— Vous connaissez Ledutal ?

— Non, jamais vu, jamais entendu parler.

— Vous connaissez vos commanditaires ?

— On ne les avait jamais vus auparavant. On a réglé la rencontre par téléphone. Ils nous ont dit que quelqu'un nous avait recommandés. On les a rencontrés sur l'aire de stationnement.

— Combien ?

— Quatre mecs.

— Non, combien, le contrat ?

— Dix mille dollars.

— Pas mal, non ?

— Oui, apparemment, pour ce que nous devions faire, cela semblait facile et bien payé.

— Et les types, comment se présentaient-ils ? Français, Arabes, Corses, Italiens ?

— Non. Entre eux, ils parlaient en espagnol. Un seul s'exprimait en français. Il avait la peau mate, les yeux bridés. Mon pote a dit que c'était des Sud-Américains. Moi je n'y connais rien.

— Pourquoi t'es-tu déballonné si vite et si bien ?

— Je veux vivre vieux. On aurait dû se douter qu'avec un tel paquet à la clef ce serait duraille. Quand on a affaire à des mecs plus forts, il faut savoir mettre les bouts.

— C'est bien parlé. Dernière question. Vous avez suivi la voiture de mon ami depuis l'immeuble de Ledutal, quelle type de voiture ?

— C'est une 505 Peugeot gris métallisé immatriculée dans le Rhône.

— Ton copain et toi, vous connaissez le numéro d'immatriculation ?

La jeune frappe regarda son collègue qui sortait à peine de la vape. Ils s'interrogèrent du regard, étonnés et effrayés. A tour de rôle, ils secouèrent négativement la tête, l'œil sournois, le regard en dessous, se demandant ce qui allait leur arriver de ne pas répondre à une question aussi saugrenue.

— Bien, reprit Morizio, Pierre, ne les perdez pas de vue. Vous deux, vous allez détacher vos ceintures de sécurité en douceur, sortir de la voiture sans faux geste, refermer les portières et rester de chaque côté. Voilà. Pierre, mettez le contact, baissez les vitres. Les deux, vous passez la tête à l'intérieur de la voiture. Pierre, remontez les vitres jusqu'à ce qu'ils soient coincés par le cou. N'ayez pas peur de serrer fort, vous ne pouvez pas les étrangler. Maintenant, les gars, défaites votre ceinture et ouvrez votre pantalon. Laissez-le tomber. Pierre, essayez de retrouver le flingue qui est tombé au sol et mettez-le, bien en évidence, avec l'autre sur le siège arrière. Prenez les clefs et on s'en va. Quelqu'un, d'ici la fin de la journée, aura bien le regard alerté par les caleçons affriolants de ces messieurs. Comme on ne peut les dégager en cassant les vitres, on risquerait de leur trancher la carotide, il faudra appeler les pompiers ou police-secours. Nos amis seront alors tenus d'expliquer pourquoi ils se baladent avec des armes prohibées.

Curveillé sortit de la Toyota des truands. Le tableau en valait la chandelle et si le moindre battement de cils ne lui avait engendré des éclairs de douleur dans le cerveau, il se serait plié en deux pour rire. Le pantalon sur les talons, la chemise dépassant de la veste, penchés en avant, les deux terreurs arboraient l'un, un caleçon blanc parsemé de petits cœurs rouges, l'autre, une sorte de bermuda où des phoques noirs jouaient au ballon bleu. Ils avaient la fesse triste et le mollet poilu.

— On se retrouve au bout du parking, chuchota Morizio à l'oreille de Curveillé qui s'était penché à sa portière, dominant les douleurs intolérables de sa boîte crânienne.

— Ne mettez surtout pas vos lumières, insista l'Italien.

Le Lyonnais eut du mal à mettre en route sa voiture et à traverser le parking. Morizio prit sa place au volant. Avant de se laisser aller et sombrer dans un demi-évanouissement, Curveillé demanda à son ami :

— Mario, je n'ai pas tout suivi. Pourquoi ces questions à propos de l'immatriculation de ma voiture ?

— C'est simple. Ils ne vous connaissaient pas. Moi ils ne m'ont pas vu. La voiture que je viens d'abandonner a été louée sous un faux nom et je ne perds que la caution. En dehors de l'immatriculation de votre voiture, il est impossible qu'eux ou leurs commanditaires remontent jusqu'à vous.

— Et s'ils l'avaient su ?

— Ils seraient déjà morts.

CHAPITRE XX

L'interne de l'hôpital civil de Cannes ne posa pas trop de questions. Au service des urgences, il avait eu sa part d'accidents de toutes sortes pour être, avant l'âge, complètement blindé. Pour la forme, il s'enquit des circonstances qui avaient occasionné les blessures de Curveillé. Il n'était pas bavard et se contenta des réponses laconiques du blessé qui, bien entendu, déclara être tombé dans des escaliers et avoir heurté la rampe en fonte ouvragée. Trois points de suture pour l'arcade sourcilière, cinq pour le crâne, une pommade résolutive pour la pommette, un sédatif. L'interne fit bien ce qu'il avait à faire. On se serra la main. Merci. Adieu. Morizio ramena son ami à l'hôtel. Le personnel, stylé, fit semblant de ne pas voir l'éclopé. Un monsieur, bien sous tous les aspects, le visage en compote, soutenu par un personnage étrange aux allures de conspirateur, cela peut alimenter des conversations. Dans une ville où le cinéma a tant d'importance, où lors du Festival, acteurs, producteurs, starlettes se livrent aux pires excentricités, on ne s'étonne de rien, mieux, on affecte une totale indifférence.

Dans sa chambre, Curveillé se regarda dans la glace. Elle lui renvoya son image cabossée et lui rappela le temps où il jouait troisième-ligne-centre dans l'équipe de sa fac et qu'un gros bœuf du Toulouse Université Club lui avait marché sur la figure parce qu'il ne lâchait pas assez vite le ballon. Son costume, à deux mille cinq cents balles, était dans un tel état qu'un clodo n'en aurait pas voulu.

— Vous devriez vous nettoyer, avaler encore un cachet et vous allonger un moment, dit Morizio. Dans deux heures environ, je vous réveillerai et il faudra absolument retrouver votre copain.

Tout en se déshabillant, Curveillé fit couler un bain brûlant. Il s'y glissa avec volupté. Il avait laissé la porte de la salle de bains ouverte et conversa avec Mario.

— Je ne suis vraiment pas doué. Durant tout le voyage, ce matin, je vous ai cherché dans le rétroviseur. Je ne vous ai pas vu. A la station essence où je me suis arrêté, j'ai bien observé les voitures, pas une fois je ne vous ai aperçu.

— C'est normal, j'étais devant.

— Allons bon, comment cela ?

— Vous m'aviez donné votre heure de départ, l'adresse. J'ai préféré partir plus tôt et voir comment se présentaient les lieux. Après avoir loué une voiture, je me suis installé sur le parking de l'immeuble en face. C'était un excellent point d'observation. Je vous ai vu arriver, passer sans vous arrêter. Là, je n'ai pas très bien compris. L'attente a été longue. Je n'avais prévu ni casse-croûte, ni boisson. Enfin, vous êtes revenu, avez discuté avec une femme de l'immeuble et êtes reparti. Auparavant, j'avais repéré le manège des deux individus dans une auto rangée le long du trottoir, assez loin dans la rue. De temps en temps, l'un d'eux venait flâner devant l'entrée du bâtiment. J'ai eu de sérieux doutes lorsque j'ai remarqué qu'il écoutait votre conversation. Je n'en ai plus eu quand il a rejoint son comparse et que leur voiture vous a collé au train.

— Mais c'est dans le parking du supermarché que vous avez fait très fort, jubila Curveillé.

— J'ai eu, vous avez eu beaucoup de chance, rétorqua l'Italien. En effet, dès que vous avez laissé votre voiture ils sont venus se placer à côté et vous ont emboîté le pas pour être sûrs de ne pas vous perdre. Moi, je me suis garé de l'autre côté de votre auto et j'ai attendu. Je savais que je prenais un risque mais, à moins d'être cinglés, ils ne pouvaient s'en prendre à vous en plein magasin. Ils se sont rendu compte que vous ne faisiez que quelques emplettes et que vous n'alliez pas tarder à reprendre la voiture. Ils sont revenus dare-dare. La suite, vous la connaissez.

— Oui, mais qu'est-ce que cela veut dire ?

— C'est très simple. Nous ne sommes pas les seuls à rechercher votre copain. Ce que vous craigniez est arrivé. On a découvert son identité mais ce n'est pas la police qui est à ses trousses. Il s'est attaqué à des très gros et la réponse n'a pas tardé à venir. Quelque part, il a, pour la première fois, fait une faute et on a pu remonter à lui.

— A cause de moi ?

— Certainement pas. Avant de vous intercepter, ces malfrats et, à plus forte raison, ceux qui les envoyaient, ignoraient jusqu'à votre existence. Mais Ledutal, ils connaissaient.

— Donc, il faut faire vite. Il faut aller camper devant sa porte.

— Du calme. C'est vrai, il faut faire vite mais on a encore un moment. D'ici que les deux voyous aient expliqué à la police pourquoi ils se promenaient avec une telle artillerie, il faudra quelque heures. En attendant qu'ils arrivent à parler à un avocat et à informer leurs commanditaires, vous avez le temps de vous reposer. Dormez deux heures. Je vous réveille ensuite. On voit comment vous vous sentez et on agit. D'accord ?

— D'accord, d'autant que je ne me sens pas très vif, dit Curveillé. Il faut que je vous remercie encore, Mario, mes dettes s'accumulent.

— C'est sûr et à tel point que ce n'est plus la peine d'en parler. Allez, dormez.

Et Curveillé dormit.

Lorsqu'il se réveilla, la radio susurrait un air de l'Affaire-Luis-Trio. Mario avait disposé sur le revers d'un fauteuil une chemise de sport, un léger pull, un pantalon et une veste tirés de la valise de Curveillé. Lorsque l'Italien le vit s'appuyer sur un coude, il demanda :

— Comment ça va ?

— Ça va. J'aurais cru que ce serait pire. Je suppose qu'il faut que je continue à me bourrer de sédatifs jusqu'à la fin de cette histoire. Après je pourrai me laisser aller à des migraines carabinées. Quel est le programme ?

— Je crois qu'il est assez simple. Vous rencontrez votre ami, lui racontez ce que vous savez. Vous lui démontrez qu'il est grillé et que son avenir est dans la fuite. Pas dans un simple déménagement ou un changement d'adresse. Non, il faut qu'il disparaisse, à jamais. S'il a une porte de sortie, très bien. S'il n'en a pas, il faut qu'on s'en occupe et nous n'avons guère de temps. S'il ne veut rien comprendre, c'est nous qui devons dégager rapido car la situation ne va pas tarder à devenir intenable.

— Bien, on y va.

— Comme d'habitude, je reste en retrait. Je vais récupérer la voiture avec laquelle je suis venu de Lyon. Sauf si cela est nécessaire, évitez de parler de moi.

— O.K., je commence à m'y faire.

— Vous voulez une arme ?

— Non, pas avec Bix.

— Méfiez-vous. Votre copain n'est plus ce qu'il était. En plus de vingt-cinq ans, vous avez changé, imaginez ce qu'il a pu devenir, lui.

— Je suis là pour le savoir, Mario.

— A bientôt. *Alerta.*

— Ciao.

Cannes brillait de tous ses feux. Il était vingt heures passées et pourtant beaucoup de monde allait encore dans les rues.

Curveillé se perdit encore en remontant vers Rocheville. Derrière, Morizio suivait avec la XM Ils se garèrent normalement dans la rue, à quelques voitures d'écart, dans des emplacements disponibles. Curveillé se domina pour ne pas hâter le pas et pour prendre une allure normale. Il appuya sur l'appel du vidéophone en relevant bien la tête pour que sa figure soit éclairée au maximum.

— Oui, répondit une voix déformée.
— Monsieur Ledutal.
— Oui.
— Curveillé.
— ...
— Curveillé. Oran. 2e Zouave.
— ...
— Dis donc, Bix, regarde bien ma gueule. Si tu ne me reconnais pas, c'est parce que j'ai pris des pains cet après-midi, en voulant te voir.
— J'arrive.

Soudain, le doute envahit Curveillé. Et si Mario avait raison ? Si Bix, au lieu d'être un tueur de salopards, était un tueur tout court. Il venait le réceptionner dans le hall pour ne pas avoir à le recevoir chez lui. Qu'est-ce qu'il manigançait ?

Par-dessus son épaule, en tournant la tête, il voyait la voiture de Morizio. Il était encore temps de l'appeler, de déclencher l'autre machine à tuer. Bix apparut.

Il n'avait pas changé. C'était même incroyable. Pas un cheveu blanc, aussi élancé qu'autrefois, seule la fine moustache avait disparu mais Curveillé comprenait, mieux encore, pourquoi il l'avait surnommé Bix, tant la ressemblance avec l'Homme à la Trompette était frappante.

Ledutal appuya sur le bouton d'ouverture de la grande porte vitrée du hall et se recula. Son visage était impassible, il ne tendit pas la main. Curveillé en conçut une amertume qui le bouleversa et se transforma en une rage violente. Il avait cru qu'avec Bix ce serait comme avec les autres, quelque chose de fort, la joie des retrouvailles, l'accolade des vieux copains. Rien.

Il se laissa emporter par sa colère.

— Dis donc, Bix, tu ne vas pas me refaire le coup que tu as fait à Delorme. Je me suis cassé le cul pour te retrouver. Je viens d'en prendre plein la gueule par deux gugusses qui ne te veulent certainement pas du bien. Alors, tu ne vas pas me la jouer au monsieur distant qui reconnaît à peine un ancien copain.

— Je ne t'ai pas sifflé.

— Voilà, c'est dit, joue ton rôle mais pas très longtemps. Je suis là pour te sauver la peau, pour payer une dette vieille de vingt-sept ans. Si tu ne comprends pas, si tu continues à jouer au con, je m'en vais.

— Comment m'as-tu retrouvé ?

— Facile, avec les cadavres que tu sèmes, signés de douilles remplies de tes mégots.

Cela avait été dit trop fort. Ils s'en rendirent compte et cherchèrent du regard, autour d'eux, dans les recoins du hall, des oreilles indiscrètes mais ils étaient seuls.

— Bon, allons chez moi.

— Quel effort, tu m'invites dans ta tanière !

L'appartement où ils pénétrèrent était situé sur deux niveaux, vaste, décoré comme un intérieur de la « Maison Française », quelques meubles anciens se détachant dans un ensemble très contemporain. Au mur, des lithographies de Klee, Miró, Hartung, Dali, peut-être une gouache de Gleizes, des gravures de Bellmer, certainement un vrai dessin de Cocteau représentant Serge Lifar. Un raffinement poussé dans le moindre détail.

Ils s'assirent, chacun dans un fauteuil en cuir noir, face à une baie vitrée derrière laquelle scintillaient quelques lumières. C'était, pour Curveillé, à la fois exaltant et angoissant. Un décor où auraient pu évoluer Grace Kelly et Bing Crosby dans une comédie musicale mâtinée d'un thriller où Bix remplacerait Bogey. Jamais, dans sa tête, il n'avait imaginé que le tueur qu'il recherchait puisse être cet individu racé, apparemment sans complexe. Le bidasse un peu falot, maigrichon, tout en jambe, était devenu un Monsieur.

— Tu vois, dit Ledutal, j'habite un quartier tranquille. Les gens passent, louent, s'en vont, viennent en vacances, disparaissent. Les rares résidents ne sont pas d'ici, des déracinés, des retraités qui sont venus de régions moins clémentes pour réchauffer leurs rhumatismes. On ne s'occupe pas du voisin, on ne le connaît pas.

— Une exception cependant, ta voisine.

— Mme Mansier ? Tu la connais déjà ? Dis donc, tu ne serais pas flic ?

— Oh non, simplement, j'ai eu affaire à elle par le plus grand des hasards.

— Elle adore les chats. Elle s'occupe du mien quand je m'absente plusieurs jours. Elle est ma seule relation ici, avec quelqu'un avec qui je vis.

— Tu as toujours vécu ici ?

— Depuis quelques années seulement. Après l'Algérie j'ai eu une période très difficile. J'étais complètement déboussolé. Il a fallu que je surmonte tous mes problèmes et tu vois, je ne suis pas fou.

— C'est bien ce qui m'étonne car à la fin tu ne communiquais plus avec nous, ton seul intérêt consistait à flinguer les mecs de l'O.A.S. Je te retrouve calme, décontracté, très organisé, vivant dans l'opulence. Certes, tu fuis ce qui a été ton passé, tu es le tueur le plus productif que la France ait enfanté et je me demande, sachant ce que je sais, pourquoi tu ne m'as pas cncore descendu.

— Ainsi, tu as tout découvert.

— Je crois.

— Comment ?

— Les mégots dans les douilles. Tu le faisais intentionnellement. Un message, une piste pour qu'on te retrouve un jour, un code pour les seuls initiés. Tu vois, j'ai répondu à l'appel, comme un con.

— Non, je crois que tu te goures. En Algérie, c'était une habitude, une manière de mettre fin à l'action, de dire « c'est fini ». Par la suite, j'ai continué pour la même raison, mettre un point final à l'état de tension.

— Moi qui t'imaginais vivant d'une manière sordide, minable, bourré de tics et de remords, je suis en train de converser comme si cela n'était que le produit de mon imagination.

— Eh, attends, on va s'expliquer. Tu veux boire quelque chose, Pastis, bourbon, scotch ?

— Un scotch avec de la glace.

Bix se leva, alla vers une desserte où s'alignaient une vingtaine de bouteilles et passa dans la cuisine probablement pour prendre de la glace. Curveillé en profita pour se lever aussi et ouvrir la porte-fenêtre qui donnait sur un long balcon courant le long de l'appartement. En contrebas, il vit la voiture de Morizio dont les veilleuses s'éclairèrent et s'éteignirent aussitôt. Il leva son pouce pour signifier que tout allait bien, sa main se découpant en contre-jour sur la lumière de la pièce. L'Italien comprit car, en réponse, il osa un bref appel de phares.

Curveillé entra dans le salon et les mains dans les poches en fit le tour, s'attardant sur une miniature, caressant du bout des doigts une sculpture ou un bibelot. Un groupe de photos, dans des cadres posés sur une table basse, attira son regard. La plupart représentaient Bix avec un autre homme, beaucoup plus jeune, grand, mince. Le visage de ce garçon suscita un sentiment indéfinissable chez le Lyonnais jusqu'à ce qu'il découvre, sur une autre desserte, une photo du caporal André. Même présence lumineuse, même regard franc du jeune homme chez qui subsistent encore les élans sans calcul de l'adolescent.

Il vit avec satisfaction que Bix n'avait pas totalement rayé le passé puisqu'une photo représentait une bande de bidasses rigolards assis sur l'aile d'un G.M.C. Mounier, Moreno, Curveillé, Bix et le caporal André se tenant par l'épaule, Salmon, Aboulin, Raffet, presque toute la fine équipe.

Emu, Curveillé se retourna vers Ledutal qui arrivait avec un plateau chargé d'amuse-gueule, de verres et de bouteilles.

— Je ne connaissais pas cette photo.

— Tiens. Il me semble qu'on en avait tiré plusieurs. Je crois qu'elle a été faite un dimanche où Moreno avait réussi à garder un camion. Il avait un ordre de mission plus ou moins bidon et nous avait embarqués en haut de la montagne de Santa-Cruz pour nous faire admirer les rades de Mers-El-Kebir et d'Oran. Mais tu n'es pas là pour rameuter le bon vieux temps. Qu'est-ce que tu veux ?

Le ton était un rien agressif comme si, après s'être laissé aller à un brin de sentimentalisme, l'homme distant et froid reprenait le dessus.

— Je ne veux rien, dit Curveillé. Quand j'ai senti que c'était toi, je voulais te sauver, te sortir d'un engrenage, de ta folie. Je t'imaginais complètement dingue, en proie à l'hystérie. J'ai fait toutes les suppositions allant jusqu'à te voir moitié clochard, moitié gaucho, bourré de tics, vivant dans une zone, faisant les poubelles, rentrant dans ton squatt, le soir, pour préparer tes expéditions punitives. Depuis que Delorme m'a permis de savoir ce que tu faisais et surtout depuis que je suis ici, je me rends compte que toutes mes suppositions sont fausses et que je me suis totalement trompé. Alors, je voudrais comprendre.

— Il n'y a rien à comprendre. De temps en temps, j'écrase une vermine que la société n'a pas eu le courage d'éliminer.

— Bon. Je ne vais pas entrer dans des considérations philosophiques, ni dans le principe que tu n'as pas le droit de t'ériger en justicier. Je pourrais te demander au nom de qui ou de quoi, non, ce qui m'étonne c'est que tu tues apparemment sans qu'il te reste des séquelles, sans remords.

— Dis, en Algérie, tu as fait comme tout le monde. Dans la section, qui avait le fusil à lunette ? Qui était le tireur d'élite ? ce n'était pas moi ; qui venait-on chercher pour déloger un fellouze planqué dans le maquis ? Souviens-toi, on te disait, « fais-le vibrer, mec, fais-le vibrer » et ton flingue ne crachait pas des berlingots.

— Merde, c'était la guerre.

— Tu avais simplement un permis de tuer comme les autres ont un permis de conduire, de pêche ou de chasse. C'était facile, on tuait à bon droit.

— Oui, mais toi, à la fin, tu faisais ça pour le plaisir.

— Parce que toi, tu crois que lorsque tu rentrais à la base arrière avec le vieux tromblon du fel que tu avais descendu, tu n'étais pas fier ? C'est vrai, à la Préfecture, c'était le pied quand je pouvais en faire gicler un ; j'avais vraiment perdu les pédales mais pas suffisamment pour ne pas voir que vous aussi, vous aviez déconnecté.

— On n'a pas supporté la mort du caporal André.

— Ne parle pas de ça !

— Si, il faut qu'on en parle. Les photos sur la table basse, avec ton ami, c'est le même regard, la même intensité.

— Arrête, tu dis des conneries.

— Non, j'ai besoin de savoir, il ne faut pas que je sois venu pour rien.

— Tu ne peux pas comprendre. C'était platonique. Oui, on s'aimait. A notre façon. C'est à sa mort que j'ai compris. Pendant un temps, j'ai refusé l'évidence. Je me suis enfermé dans la négation de cet amour impossible. J'en suis sorti, un jour, grâce à d'autres hommes, à un autre homme enfin.

— Mais les meurtres, pourquoi ?

— Tout a commencé avec l'aspi, tu te souviens de lui ? Tu te souviens de la mechta, des gamines, de ces connards de matafs ?

— Comme si c'était hier.

— J'étais dans un supermarché, à Tours, pour un boulot, lorsque j'ai vu passer devant moi l'aspirant. Je l'aurais reconnu de dos. Il poussait un caddie. Même attitude, même morgue, même air de prendre le reste du monde pour de la merde. Je me suis mis à trembler. J'ai eu la nausée. Notre vie, ma vie à la Préfecture est revenue en bloc. Tout ce que ce type avait prévu pour se venger avait eu lieu. L'un d'entre nous, celui qui m'était le plus cher, était mort. Je l'ai suivi, j'ai vu sa villa dans la Vallée de la Cisse. J'ai attendu six mois en préparant bien mon coup. Un jour, je suis revenu et...

— Je sais la suite, l'interrompit Curveillé. Moi-même, je crois que, si je l'avais vu sur un passage clouté, j'aurais accéléré, mais les autres ? Avec l'aspi tu avais tes raisons, nos raisons. Aucun de notre groupe ne te donnerait tort mais, à partir de là, pourquoi te transformer en justicier ?

— Parce que ma facilité pour tuer, il fallait que je la mette au service d'une idée.

— Plutôt que de devenir un truand ou un tueur à gages tu t'es inventé une mission, une noble cause.

— Si tu veux.

— Tu parles d'une justification ! Voilà un nouveau label, tueur esthète ! Au lieu d'être inscrit dans un club de gonflette, de militer dans une association de défense des oursins en zone côtière ou de collectionner les timbres, toi tu fourbis tes armes et prépares ton prochain meurtre. Tu dois vivre entouré de fantômes dans ton univers hollywoodien.

— Ricane, mais souviens-toi encore. On nous a appris à tuer comme on respire. La vie d'autrui n'avait pas d'importance à partir du moment où autrui n'était pas dans notre camp. Les mecs de la Légion, héros légendaires, étaient des copains virils et sûrs au crapahut. Ils devenaient les pires des salopards lorsqu'ils désertaient pour passer à l'O.A.S., sans l'ombre d'un remords, sans une hésitation. Notre sergent instructeur, à Arzew, ne se préoccupait pas de morale. Il enseignait à tuer vite et bien, à survivre aussi, non parce que la vie de chaque individu est précieuse mais parce que chaque individu vivant est un combattant. Alors, du jour au lendemain, il fallait que ça cesse, que toute cette science acquise ne serve plus à rien ? On rendait les armes, on pliait bagage, bien gentil on rentrait à la maison et, comme ceux de 14 et de 40, on se foutait un béret pour défiler devant les monuments aux morts. Je n'ai pu m'y résoudre. Il fallait continuer.

— En rendant le meurtre édifiant ?

— Je croyais que tu ne voulais pas entrer dans des considérations philosophiques mais je suis servi. Je peux te donner des centaines d'arguments dont le premier est que les assassins les plus abjects, condamnés à perpétuité, sont dehors avant vingt ans.

— Maintenant il y a les peines incompressibles.

— Tu seras là pour vérifier ? Il faut une carotte pour les taulards. On en a peur. Ce n'est pas du tout philanthropique.

— Et toi, si un jour tu es pris ?

— Moi, depuis longtemps, j'ai fait mon plan de carrière. Je n'irai pas en prison.

— Ah oui, que feras-tu ?

— Je garde toujours une balle, pour moi.

CHAPITRE XXI

Ils parlèrent longtemps. Curveillé fut tenté à plusieurs reprises de descendre dans la rue dire à Morizio d'aller se coucher, que tout allait bien, qu'ils en étaient au stade de se raconter, qu'il fallait encore du temps pour que ses arguments trouvent leur place. Mais, fidèle aux consignes de l'Italien, il n'en fit rien.

Lentement, le whisky, allié au sédatif, le fit entrer dans un état pâteux. A des signes intérieurs familiers, il lui parut urgent de se lever sinon il ne pourrait s'arracher du grand fauteuil confortable qui, perversement, l'engageait à rester. Il se fit plus pressant.

— Quitte à me répéter, dit-il, c'est ta vie, Bix, qui est en jeu. Les types qui t'ont retrouvé ne sont pas des minus. Comment ont-ils fait pour remonter à toi, à partir de quels indices ?

— Je n'en sais fitchre rien, dit Ledutal. Au fait, tu ne m'as pas raconté comment tu t'étais débarrassé de tes assaillants. Ces salauds t'ont salement amoché.

— Qu'est-ce que tu crois ! Ils pensaient s'en

prendre à un bleu. Ils sont tombés sur un os. J'ai encore de beaux restes.

— Ah ! Toujours cette gouaille qui nous faisait tous rire et dans les pires moments. Je vois encore la tête de Mounier, plié en deux, lorsque tu imitais la mère Cotivet. Ils nous disait : c'est ça les mecs, c'est ça ; vous pouvez pas vous imaginer comme il le fait bien.

— J'ai oublié. La commère lyonnaise. Elle a disparu. C'était un bonhomme habillé en femme, robe longue, fichu, mitaines, chignon et petites lunettes rondes. Une institution, presque comme Guignol. A la radio, à la télé, elle racontait des histoires de la Croix-Rousse, du train-train quotidien des quartiers besogneux. Mais, je m'égare. Il faudrait que je m'en aille.

— Dis-moi, reprit Ledutal, tu n'as aucune idée des commanditaires, un point de détail ?

— Si. D'après les deux sbires, ils s'exprimaient entre eux en espagnol et l'un parlait bien français avec un fort accent.

— En espagnol ?

— Oui.

— Ça va, j'ai compris.

— Alors ?

— Tu n'as pas lu les journaux ces derniers temps ? Un mafiosi de la drogue colombienne qui a sauté à Paris.

— C'était toi ?

— Oui, un des pontes du cartel de Medellin. Une pourriture. Un des hommes les plus riches du monde grâce au trafic de la cocaïne. Nos bons juges l'avaient relâché pour vice de procédure.

— Je comprends maintenant ! s'exclama Curveillé. Jusqu'à présent, les gens que tu éliminais, c'était commode. Les flics ne devaient pas trop se poser de questions. Mis à part l'aspi, c'était tous, notoirement, des saloperies. Pour les partisans de la peine de mort, tu donnais dans le service public. Mais un Colombien, chapeau ! Avec ce qu'on lit dans les journaux à propos des cartels, tu n'as pas fait dans le détail. Les Colombiens avec le fric qu'ils brassent, les banques suisses et luxembourgeoises à leurs bottes, ont déjà recruté chez nous les flics véreux et les hommes politiques nécessaires à leur implantation. A partir d'un tout petit indice ils ont mis le paquet pour venger le grossium. Si tu ne fais pas vite, Bix, tu es foutu.

— Là, je suis d'accord avec toi.

— Maintenant, moi-même, je ne dois pas valoir grand-chose.

— Tu regrettes, tu as peur ?

— Non, la peur je l'ai côtoyée si souvent qu'elle est une compagne que je domine. As-tu prévu un repli ?

— Au début non, j'étais un kamikaze mais depuis quelques années, je me suis fait une deuxième identité, j'ai du fric, loin. J'ai toujours su qu'un jour cela aurait une fin. Même le plus malin fait une erreur. J'ai tout imaginé, sauf toi le copain salvateur. Le gros problème, c'est mon ami.

— Pourquoi ? Il faut aussi qu'il s'évapore. Ils s'en prendront à tout ce qui te touche, de près ou de loin.

— Oui, mais ce n'est pas simple. Mon ami est un type en vue ici, un décorateur de renom. Moi, je peux tout laisser tomber, ailleurs je trouverai toujours du boulot mais lui, que va-t-il devenir dans un patelin du bout du monde ?

— La question n'est pas de savoir comment vous allez vous organiser mais la question est de savoir si vous voulez vivre ou mourir.

— Je sais bien. Il doit rentrer au petit matin. Je lui parlerai. J'expliquerai tout. Donne-moi ton numéro de téléphone ou l'hôtel où tu es descendu. Je t'appellerai.

— Il va mal le prendre ?

— Non, c'est pour la suite que je me fais du souci.

Voilà, Curveillé avait fait sa B.A. Mission accomplie, il n'avait plus qu'à se retirer. La dette était réglée, l'ardoise effacée. Il se leva pesamment, eut un éblouissement, un clou de feu lui vrilla le crâne. Bix le prit par le bras, l'accompagna à l'ascenseur, puis lui fit traverser le hall de l'immeuble et la rue.

— Tu pourras conduire ?

— Oui, je pense.

Curveillé ouvrit la porte de sa voiture et se retourna. Comme toujours quand on se quitte, les mots ne vinrent pas. Après un long silence, c'est Bix qui parla.

— Pedro, c'est une affaire bien compliquée, la vie. Merci, tu étais celui qui devait venir, le seul. Adieu.

Ils s'étreignirent très fort parce que, dans les moments intenses, on ne sait pas faire autre chose. Une ultime fois, ils se dévisagèrent, les larmes aux yeux mais, depuis longtemps, ils avaient appris à ne pas avoir honte de leurs pleurs.

Le Lyonnais était vidé, au bout du rouleau. Sa voiture décolla du trottoir en cahotant. Dans le rétroviseur il vit son copain, les mains dans les poches, qui le regardait partir. Il lui fit un signe de la main. L'autre répondit par un hochement de tête pensif et se retourna. Curveillé conduisit au radar jusqu'à l'hôtel. Derrière lui, la voiture de Morizio suivait en douceur, sombre, silencieuse, calmement agressive, tel un grand barracuda protecteur. Ils se retrouvèrent à l'hôtel.

— Ça va ? demanda l'Italien.

— Pas très fort, répondit Curveillé. Je crois que je vais m'écrouler.

— Et Bix ?

— Je pense qu'il a compris. Nous ne sommes pas venus pour rien. Mario, vous devez crever de faim et de froid. Moi, j'ai eu ma dose. Je monte me coucher. Vous, essayez de trouver un endroit encore ouvert pour vous sustenter. Prenez vos bagages et installez-vous dans ma chambre. Il y a des lits jumeaux. Demain, Bix doit téléphoner, il me dira sans doute ce qu'il fait. Nous, on tire un trait et on s'en va.

— Vous êtes sûr de ne pas avoir besoin de moi ?

— Ne vous inquiétez pas, je vais dormir comme une masse.

Il dormit comme une enclume. Il crut avoir dormi très peu car il faisait encore nuit lorsqu'il fut réveillé, mais Mario avait eu le temps de dîner, de rentrer et de dormir aussi puisqu'il était dans le lit à côté, appuyé sur un coude, la lumière éclairée, et lui désignant le téléphone qui n'arrêtait pas de sonner.

— Excusez-moi, monsieur, de vous réveiller, dit une voix impersonnelle, vous avez un appel urgent.

C'était Bix. Il ne s'excusa pas. Il n'avait plus son ton distant et presque hautain. Curveillé sentit qu'il se dominait pour ne pas paraître affolé.

— Allo, Pedro, c'est atroce, c'est pire que tout ce que tu as pu imaginer.

— Raconte, vite.

— Après ton départ, j'étais trop bouleversé, je n'avais pas sommeil, je suis allé faire une longue balade, au hasard des rues, j'ai trouvé un bistrot ouvert, bu deux ou trois coups, j'ai refait le monde avec une paire de traîne-savates collés au zinc et je suis rentré. Mon ami n'était toujours pas là, j'ai mis le répondeur pour voir s'il contenait un message, il y avait un message mais pas celui que j'attendais. Ecoute.

Ce qu'entendirent Curveillé et Morizio n'était pas d'une qualité sonore excellente malgré l'écoute amplifiée mais c'était suffisamment explicite, l'accent sud américain en sus.

— Monsieur Ledutal, inutile que nous nous présentions, cela ne vous dirait rien. Par contre, les personnes que nous représentons ne sont pas contentes du tout de vous. En effet, vous avez rempli un contrat à l'encontre d'un personnage qui était très important dans notre organisation. Il va nous manquer beaucoup et cela va nuire grandement à nos affaires. Nous aimerions avoir un entretien avec vous. Nous n'allons pas nous embarrasser de mensonges, c'est pour savoir essentiellement qui vous a engagé. Nous nous doutons que vous êtes très fort. Les deux jeunes gens qui devaient se charger de vous ne répondent plus à nos appels. Vous avez dû les éliminer d'une manière ou d'une autre. Nous voulions rester dans l'ombre mais il vaut mieux maintenant que nous prenions la situation en main. Il faut que nous nous rencontrions, dans un endroit discret. Nous avons choisi votre garage à bateaux. Vous voyez, nous savons beaucoup de choses sur vous, même vos numéros de comptes en banque. A ce propos, pour un homme tel que vous, nous avons trouvé peu d'argent. Vous devez avoir un compte caché, à l'étranger, en Suisse peut-être. Il faudra nous l'indiquer pour payer vos dettes ; vous nous avez coûté très cher. Effacez la bande de votre répondeur, mieux vaut ne laisser aucune trace. Si vous ne le faites pas, nous le ferons. A propos, n'essayez pas de nous jouer un tour ou de ne pas venir. On finira toujours par vous retrouver et ce serait dommage pour votre petit copain. Oui, il est avec nous, dans le garage à bateaux. Ce n'est pas le luxe ici. Il fait un peu froid. C'est humide. Il vous attend. Il ne faudrait pas trop tarder. On va le bourrer d'un produit de chez nous, de fortes doses, régulièrement. C'est embêtant s'il y prend goût. Après il ne pourra plus s'en passer. Vous avez des doutes ? Vous voulez sans doute une preuve ? Reconnaîtrez-vous la voix ?

Il y eut un remue-ménage, puis un silence. Curveillé et Morizio se regardèrent, perplexes. Soudain, un cri horrible jaillit du téléphone, un cri dément fruit d'une douleur abominable, un cri qui s'éleva crescendo entrecoupé de râles de bête prise au piège.

La voix reprit :

— Monsieur Ledutal, vous avez reconnu, c'était bien Roger, n'est-ce pas ? C'est un artiste. Il est gaucher. On lui a coupé une phalange de la main droite. Ce n'est pas encore bien grave mais dépêchez-vous avant qu'on lui coupe tous les doigts et qu'on change de main.

CHAPITRE XXII

Atterré, muet d'horreur, Curveillé s'était dressé dans son lit. Morizio était déjà debout, vêtu d'un tee-shirt et d'un caleçon blancs, style U.S. Army des années quarante. Par l'amplificateur du combiné, dans le silence total de la chambre, parvint le souffle oppressé de leur interlocuteur. Curveillé fit un effort pour se dominer et pour dire :

— Ne bouge pas, on fait vite.

La tonalité du téléphone lui répondit.

Il venait de signaler la présence de Morizio mais l'Italien n'avait pas sourcillé, c'était une affaire entendue, on passait à l'action. De dessous son oreiller, il dégagea le Beretta qui rejoignit son nid de cuir patiné. D'une valise en box noir, genre Pilot-case, il sortit un autre pistolet automatique enveloppé d'un plastique transparent.

— Vous avez des gants ? demanda-t-il.

— Oui.

— Ne les quittez plus à partir du moment où vous dégagerez cette arme de son emballage. Si on vous prend avec, vous ne risquez que le port d'arme prohibée. Elle n'a jamais servi. Toutes les indications permettant de remonter à l'origine ont été limées. N'oubliez pas que vous avez acheté ce revolver dans un bistrot de Lyon, un soir de beuverie, à un inconnu qui avait besoin de fric. Vous l'avez pris pour frimer, pour épater les copains.

— O.K.

— Si vous vous en servez, ne le gardez pas en souvenir. Débarrassez-vous-en comme de la vérole, en un lieu où il sera impossible de le retrouver, même rongé par la rouille, dix ans après.

— D'accord.

— Jetez aussi les gants, les vêtements et les sous-vêtements que vous portez. Macérez dans un bain décapant pendant des heures en vous frottant au gant de crin. Passez-vous une crème gommante sur la figure, les mains et les bras. Faites-vous couper les cheveux après un double shampooing et taillez vos ongles des mains jusqu'au sang. Entre la cible et vous il n'y aura peut-être qu'un fil de votre veste comme lien, un peu de poudre incrustée dans vos pores, des traces de pollen sur vos cheveux, ou la même poussière sur le bas du pantalon mais les labos de la Police trouveront.

— O.K. O.K.

Curveillé écoutait en hochant pensivement la tête comme un gamin qui prend un cours particulier et qui, gêné par le tête-à-tête avec le prof, n'ose le regarder en face.

Ils étaient habillés, le bagage à la main. Ils regardèrent autour d'eux pour voir s'ils n'oubliaient rien. Morizio fit le tour de la salle de bains. Dans la poche de la veste de Curveillé, le revolver faisait une grosse bosse.

— C'est un beau joujou que vous m'avez donné là, dit-il.

— Oui, c'est une arme irréprochable. Après le Berreta, c'est ce que je préfère, un Sig-Sauer P. 226. Les deux chargeurs contiennent chacun quinze cartouches de 9 mm. Cela fait de gros dégats. Vous saurez vous en servir ?

— Oh, ça ne doit guère être différent du P.A. 50 dont je me servais en Algérie.

— Si on veut. A part que le Sig-Sauer est bien plus léger, plus précis, avec une cadence de tir multipliée par deux. C'est suisse.

Argument massue. Curveillé aurait bien envoyé une vanne perfide sur la Suisse mais ce n'était pas le moment de tenir des propos xénophobes et nationalistes. Morizio avait ouvert la porte de leur chambre et après avoir regardé dans le couloir, d'un geste de la tête, donna le signal de départ.

Curveillé suivit, constatant que si, depuis le début de cette histoire, c'était lui qui menait l'enquête, tout naturellement, au moment de l'action, c'était le Sicilien qui prenait la direction des opérations.

La glace de l'ascenseur lui renvoya l'image de deux types défraîchis qui avaient oublié de faire leur toilette. Il avait moins mal mais le côté gauche de sa figure était vermeil et avait beaucoup enflé. Il trouva que, non rasé, Morizio faisait plus secret, plus énigmatique et plus vieux aussi. Il se demanda s'il plaisait toujours aux femmes et quelle pouvait être sa vie sexuelle. Il se culpabilisa d'avoir des réactions mentales en dehors du sujet. Cela lui arrivait souvent dans les épisodes dramatiques de sa vie, comme de s'interroger, durant un enterrement, sur le repas qui serait offert après la cérémonie ou sur le temps que la veuve éplorée resterait sans baiser.

Il régla la chambre auprès du veilleur qui semblait aussi frais et à l'aise que s'il avait été dix heures du matin. Dehors, l'air était moins vif. Pas un nuage dans le ciel de la côte d'Azur, que des étoiles.

Evidemment, c'est Morizio qui décida de la voiture. La XM avala les carrefours, les montées, les sens uniques, sans se tromper, sans la moindre hésitation. Elle arriva en douceur rue du Colonel Mattei, au pied de l'immeuble des Jardins des Colombiers.

Ils sonnèrent. Il n'y eut pas de question. La porte du hall s'ouvrit. L'entrée de l'appartement était déjà ouverte. Bix fumait une cigarette face à la baie vitrée. Il se retourna. Il était livide.

— Qu'est-ce qu'il a à voir avec nous, celui-là ? dit-il en désignant Morizio.

— C'est mon ami, un vrai, digne de toutes les confiances.

— Comment se fait-il qu'il arrive maintenant ?

— C'était ma couverture.

— Tu n'avais pas confiance, hein ?

— Pas tellement. Je ne savais pas ce que tu étais devenu, sur qui j'allais tomber.

— Alors tu as engagé un type qui est au courant de tout.

— De tout, c'est vrai. Mais je ne l'ai pas engagé, je te le redis, c'est un ami, nous formons une équipe. J'ai été mêlé à une histoire abominable. On a bousillé la femme que j'aimais. Sans Mario, je ne serais plus de ce monde.

— Dis donc, Pedro, tu es un chef de gang ?

— Mais non.

— Je parie que vous êtes armés jusqu'aux dents.

— Bien sûr et heureusement pour toi.

— Ecoutez, les interrompit Morizio, on n'est pas là pour jouer aux devinettes. Et s'adressant à Bix : Ce n'est pas le moment d'avoir des états d'âme, ce n'est pas nous qui avons joué au justicier, ce n'est pas nous qui avons foutu votre ami dans la merde, alors secouez-vous, on est ici pour vous aider.

— Foutez le camp, je me démerderai tout seul.

— En allant te livrer, s'écria Curveillé, en t'échangeant contre ton copain ! C'est ça, le sacrifice, la grande preuve d'amour. Mais tu es complètement con, ils ne vous lâcheront ni l'un ni l'autre. C'est à votre peau qu'ils en veulent et ils vous descendront dès qu'ils auront compris qu'ils ont tout tiré de vous.

— Je n'ai jamais imaginé qu'on s'en prendrait à Roger.

— Enfin, tu devais bien te douter qu'un jour, d'une manière ou d'une autre, tu morflerais.

— Oui, j'ai tout envisagé, la mort, la prison, la torture mais lui, je le voyais en dehors du coup. Je pensais tout lui dire au dernier moment, quand il aurait été impossible de cacher la vérité. Il aurait choisi. Sans qu'il le sache, j'ai fait faire de faux passeports, à son nom, au mien. J'ai transféré du fric.

— Pas en Amérique latine, j'espère.

— Non, dans le seul pays où un Européen peut encore disparaître, se refaire une vie sans qu'on lui pose trop de questions, l'Australie.

— Voilà une bonne nouvelle, il ne nous reste plus qu'à sortir Roger du merdier.

— Oui, les pros arrivent au secours d'un pédé sur le déclin et de son giton.

— Arrête, Bix, reprends-toi. Ce n'est pas le moment de craquer. Je suis sûr que tu es fêlé. Comme moi, comme tous ceux qui ont vécu ce qu'on a enduré là-bas. C'est ton excuse, mon excuse. Ce que tu es, ce que tu as fait, on s'en fout. La preuve ? On est là. Nous allons récupérer ton ami. Après on raye tout, on se sépare, adios, bon voyage. Je te donnerai mon numéro de téléphone, à Lyon. Si, un jour, tu veux donner de tes nouvelles, je serai très heureux. Autrement *Mektoub*.

— Bien, dit Morizio, ne perdons plus de temps. Vous avez téléphoné, je suppose.

— Oui, répondit Ledutal, ils sont bien au garage à bateaux. J'ai dit que j'acceptais leurs conditions, seul, sans arme.

— C'était la seule réponse à leur donner. A partir de maintenant chaque pas que vous faites, c'est un pas en avant. Vous ne pouvez revenir en arrière. Prenez ce qui vous paraît nécessaire, un sac, une valise. Laissez tout en plan pour ne pas donner l'impression que vous fuyez. Où sont vos armes ?

— Je n'ai rien dans l'appartement. Tout est planqué sous les dalles d'un vieux cabanon à outils au milieu de la garrigue, à une trentaine de kilomètres.

— Ainsi, vous irez sans arme, comme ils l'ont dit. Nous, on est équipé. Décrivez-nous le garage à bateaux.

— C'est un vaste hangar qui sert à la fois d'atelier

de réparation et de lieu d'hivernage pour les bateaux qui ne sortent pas à la mauvaise saison. Un plan incliné permet d'accéder directement dans l'eau après avoir ouvert une grande porte qui donne sur le port. La plus grande partie du hangar est occupée par des embarcations de toutes classes mais n'excédant pas huit mètres. Le reste est un capharnaüm de machines, d'établis, de planches de bois, de bidons de peinture et de produits plastiques qui servent à rénover ou à monter des coques ou des parties de coques dont les matrices sont accrochées aux murs.

— Des cloisons, des séparations, de petits ateliers fermés, au milieu de tout cela ? interrogea Morizio.

— Non, tout est ouvert, reprit Ledutal, mais, dans un coin, par un escalier assez raide, on accède à une mezzanine où se tient un petit bureau vitré. Le patron de l'atelier range là ses factures, son livre de comptes. Des plaisantins racontent qu'il y attire les femmes qu'on laisse à quai. Il a un baratin terrible et un lit en fer, soi-disant pour faire la sieste.

— Voilà où doit être Roger.

— Vous croyez ?

— Sûr. Ils n'ont pas dû chercher midi à quatorze heures, ce sont des types pressés. Maintenant, dites-nous où se trouve ce garage à bateaux.

— Il est à Mandelieu, dans une espèce de marina, un lieu de loisir qui englobe des immeubles, des petits ports, un golf, tout cela autour d'un fleuve côtier, la Siagne.

— C'est facile d'accès ?

— Très facile. Il suffit de prendre la nationale 98 à la sortie de Cannes, direction la Napoule. Avant d'arriver à la Napoule, à la hauteur de l'embouchure de la Siagne, on tourne à droite, par un virage en épingle à cheveux on passe sous la route, puis sous le pont du chemin de fer et on est aussitôt dans le complexe touristique. On suit le fleuve, puis un canal qui conduit à un petit port, le Marco-Polo. Juste avant, au milieu des immeubles à peine terminés et d'autres en construction, le garage à bateaux.

— C'est gardé la nuit ?

— Le garage ? Non, mais des entreprises de sécurité font des rondes. Elles s'occupent surtout des embarcations à quai, de très beaux yachts, des cabin-cruisers, pas de voiliers car ils ne peuvent passer sous les ponts avec leurs mâts. Dans les ateliers, les gens travaillent tard et tôt. Les gardes des entreprises de sécurité ne vont pas souvent vérifier qui a allumé les ateliers car, à plusieurs reprises, ils ont déclenché des alertes pour des types qui avaient oublié de signaler qu'ils travaillaient à des heures indues.

— C'est normal, ça ?

— Oui, les propriétaires de bateaux ont les moyens, ils ont peu de vacances. Il faut que le bateau soit en condition dès qu'ils prennent envie de sortir.

— Et vous, quel type de bateau avez-vous ? demanda encore Morizio.

— Moi, j'ai un vieil Arcoa, six mètres, mixte, moteur et voile. La voile ne sert pas à grand-chose sur ce type de bateau qui fait deux tonnes, sans quille. Le moteur est excellent, un Perkins diesel. J'ai aménagé la cabine. On peut y faire la sieste et cuisiner deux œufs. La gazinière est plus un prétexte pour tenir à bord une grosse bouteille de butane pour pêcher l'encornet au lamparo, en douce. C'est un bateau pour faire des balades une journée, pêcher à la palangrotte avec des copains. C'est spartiate.

— C'est déjà bien.

— J'ai aussi un petit Zodiac. C'est le patron de l'atelier qui me l'a vendu, comme annexe. Il trafique dans tout un tas de petites combines, cigarettes, langoustes vivantes quand la pêche est interdite, courses de chevaux à Cros-de-Cagne. Il m'a vendu un petit hors-bord Yamaha de 4 CV, neuf, sans papiers bien sûr.

Au ton des répliques, Curveillé et Morizio comprirent que Bix avait repris le dessus. Il allait d'une pièce à l'autre, tout en parlant, en remplissant un gros sac de voyage en buffle. Il s'arrêta devant une icône masquant un minuscule coffre encastré dans le mur. Il en retira des papiers, les passeports, une liasse de billets de cinq cents francs, de quoi voir venir.

Bix était paré.

Il ne restait à Morizio qu'à distribuer les rôles.

CHAPITRE XXIII

Ils s'assirent en silence dans la XM, Morizio au volant, Bix à côté, Curveillé derrière. La montre du tableau de bord indiquait cinq heures du matin.

Curveillé ne sentait plus la fatigue, ni les coups. Depuis l'appel de Bix, ses surrénales fonctionnaient à plein régime, balançant assez d'hormones dans son organisme pour qu'il se croie en pleine possession de ses moyens. Bix se tenait très droit sur son siège, il fumait, le regard fixe. Morizio avait allumé une Muratti, seul signe apparent de préoccupation.

La voiture faisait si peu de bruit que c'était à se demander si le moteur tournait. Elle déboucha sur la Croisette à la hauteur du Carlton. Aussi loin que portait le regard, l'avenue était vide. A gauche, vers le Port Canto, jusqu'au Palm Beach, pas un chat, pas un insomniaque promenant un malheureux chien, compagnon forcé de nuits sans sommeil, pas une pute, pas de petit pédé squattant les cabines téléphoniques du bord de mer.

La XM vira à droite, passa devant le Majestic, puis devant le nouveau Palais des Festivals, de l'autre côté de l'avenue, tout illuminé, tout clinquant, pour personne. En tournant à gauche, la voiture longea le vieux port, moins éclairé, mais, avec les néons de la Croisette en toile de fond, il ressemblait à ce qu'il voulait être, un décor de cinéma. Sur le boulevard du Midi, les grands éclairages au sodium accentuaient l'absence totale de voitures et d'humains. Autre décor de cinéma, la mer, sous la pleine lune, ondulait en d'amples vagues paresseuses et argentées.

Morizio ne mit pas longtemps pour atteindre l'embouchure de la Siagne. Il suivit le petit fleuve et longea le canal. Après quelques détours, il arriva en vue d'un bâtiment tout en longueur. Il interrogea Bix du regard. Celui-ci hocha affirmativement la tête. La voiture s'arrêta. Bix sortit une cigarette mais ne l'alluma pas. Il tendit le paquet à Curveillé qui refusa. Morizio, impassible, observait.

Le garage était à cent mètres. Vaguement éclairé à l'extérieur par une ampoule nue, il l'était beaucoup plus à l'intérieur, témoin les vastes lucarnes du toit qui propageaient une forte clarté.

Les minutes passèrent.

Morizio regardait et les deux autres n'osaient faire un bruit ou respirer trop fort, respectant la concentration de celui d'où viendrait le plan d'attaque. Bix qui aurait pu jouer au leader car, après tout, il était le premier concerné et le spécialiste en expéditions de mort, avait réagi comme le jeune loup, dans une meute, qui s'efface devant le dominant.

Curveillé douta. La situation lui parut farfelue, ridicule, extravagante. Trois pitres, deux vétérans d'une guerre perdue, un vieillard rescapé des bombes de Guernica, faisaient une opération de commando contre les représentants d'une force planétaire. Trois gugusses, deux revolvers, contre des types armés jusqu'aux dents, les poches pleines de pièges et de serpents.

La voix de Morizio interrompit les divagations mentales du Lyonnais.

— Voilà comment on va procéder. Bix, vous passez le premier. C'est vous qu'ils veulent, vous n'avez pas d'arme, au premier abord cela leur paraîtra presque correct et conforme à leurs directives. Au moindre doute, si vous sentez que cela se passe mal, vous plongez, vous vous débrouillez pour vous mettre à l'abri. L'avantage que nous avons, c'est qu'ils ne peuvent pas vous tuer d'entrée. Il faut vous faire parler. Ils veulent savoir qui est derrière le meurtre de leur grand patron et ils ont certainement des consignes très strictes. Mais attention, à partir du moment où ils seront convaincus que Bix a agi en solo, ce sera la fin. Il n'aura plus aucune valeur. Alors pas d'hésitations, c'est eux ou nous. Quoi qu'il arrive, quelles que soient les promesses, on ne peut s'en sortir que s'ils vont tous au tapis.

Il appuya sur le bouton du plafonnier pour qu'il ne s'allume pas lorsqu'ils ouvriraient les portières. Ils descendirent en les laissant ouvertes. Ces précautions s'avérèrent inutiles, sous le ciel de ce premier mois d'hiver trop clément surchargé d'étoiles et de lune, on y voyait comme en plein jour.

Ils avancèrent avec circonspection dans un terrain mouvementé, mélange de graviers, d'herbes hautes, de fondrières asséchées. Bix allait devant, comme prévu, Curveillé à deux ou trois mètres, Morizio largement en retrait.

Toujours la même tactique, pensa Curveillé. Pourquoi en changer puisque l'adversaire n'est pas le même ? Il marcha d'un pas plus ferme, convaincu qu'en association avec Morizio, personnage homérique et qui sait, immortel, tout irait bien.

Sur un côté du bâtiment, peu visible car la lampe du toit était très haute, une flèche blanche indiquait le bureau. Une petite porte en tôle semblait le seul moyen d'accès. Bix entra, Curveillé sur les talons, le Sig-Sauer à la main.

Le Lyonnais fut stupéfait d'arriver dans un lieu déjà connu tant la description de Bix avait été précise. A sa périphérie, l'entrepôt restait dans l'ombre et les bateaux, les machines, les palans, les pièces de bois formaient des compositions fantastiques qui donnaient à la scène un aspect surréaliste, d'autant qu'au centre, une lumière crue éclaboussait un établi derrière lequel deux hommes, vêtus de gros manteaux en poil de chameau, pointaient deux énormes revolvers.

— On vous avait dit de venir seul, il me semble, dit un des deux types d'une voix fielleuse, et sans arme.

— Je suis sans arme, répondit Bix, mais ce monsieur a tenu à m'accompagner pour voir si tout se passait bien et je ne suis pas arrivé à m'en défaire.

— Alors, cela va être beaucoup plus compliqué, pour vous.

— Vous croyez ? Les jeux ne sont-ils pas déjà faits ? Où est mon ami ?

— Là-haut, derrière vous.

Malgré son attitude détachée et son ton méprisant Bix laissait transparaître son angoisse. Curveillé, sans perdre de vue les Colombiens, tourna imperceptiblement la tête. Le bureau était bien, comme l'avait décrit Bix, en hauteur, sur une mezzanine. Dans les escaliers, debout, un troisième individu, lui aussi engoncé dans un gros pardessus, les yeux bridés, les cheveux jais, le teint brique des Indiens des Andes, tenait fermement un court pistolet-mitrailleur.

Le chef du groupe, ou le seul qui sache parler français, reprit la conversation dans une langue impeccable, certainement pas apprise à Pigalle, mais plutôt chez Berlitz ou à l'Alliance Française de Bogota.

— Monsieur Ledutal, vous allez d'abord dire à votre collègue de jeter son arme ; ensuite, vous nous direz pour qui vous travaillez. C'est aussi simple que cela et nous en aurons terminé.

— Mon ami ne veut pas se débarrasser de son arme. Il y tient beaucoup et, comme préalable, je tiens à voir Roger.

— Je vous ai dit qu'il était là-haut. Vous pouvez aller vérifier mais c'est perdre du temps. Il ne peut vous répondre, il voyage.

— Espèce de salaud !

— Allons, calmez-vous. C'est nous qui avons le meilleur jeu en main. Encore une fois, monsieur Ledutal, pour qui travaillez-vous ?

— Je travaille, comme vous dites, à mon compte.

— Allons, soyons sérieux, vous avez eu des contacts, on vous a certainement donné beaucoup d'argent pour que vous fassiez disparaître Don Fernando. Dites-nous tout ce que vous savez et nous pourrons remonter à l'origine.

— Je vous le répète, je travaille à mon compte. Quand j'ai fini mon vrai travail, j'ai un hobby, je m'attaque à tous les fumiers qui passent à travers les lois et aux fils de pute dans votre genre qui polluent notre monde.

Le Colombien blémit sous l'insulte. Il fit un geste de son imposant Smith et Wesson mais se contint. Interloqué, son voisin le questionna du regard. Curveillé se méprit. Il était trop tendu, trop conditionné par Morizio qui avait dit qu'il n'y aurait pas d'alternative. Il tira. Deux fois.

A cinq mètres, un ancien tireur d'élite, même s'il n'a pas pratiqué depuis presque trois décennies, ne peut manquer la cible. Les deux balles de 9 mm, garanties puissance d'arrêt colossale, allèrent frapper le plastron de chaque Colombien en un coup de poing de géant. Ils furent soulevés de leur siège et envoyés sur le cul dans un tas de copeaux et de sciure où ils s'affalèrent bras et jambes écartées, la tête rejetée en arrière, le bas-ventre en avant, obscènes.

L'Indien de l'escalier eut le temps de lâcher une courte rafale. Les balles effleurèrent Curveillé, firent voler la poussière et le bois mais la dernière envoya Bix valdinguer dans des plaques de polystirène qui, en cascade, le recouvrirent. Curveillé, au milieu du carnage, à demi retourné, n'eut pas à se servir encore de l'outil suisse car le Beretta tonna comme une pièce de marine. Défoncé par un gigantesque doigt invisible l'Indien alla s'asseoir quatre marches plus haut et mourut juste à temps pour prendre le même wagon que ses compagnons.

Silence.

Silence et un gémissement. Bix qui essaye de se relever.

Silence, puis une voix qui hurle :

— *Que nadie se mueva. Ni un ojo. Todos en medio, las manos en el cogote.* [1].

Curveillé eut encore une de ses errances mentales qu'il se reprochait d'avoir toujours dans les moments sérieux. Encore heureux, se dit-il, que Mario et moi nous ayons des notions d'espagnol car ce type nécessitait la présence d'un interprète. Il se mit les mains sur la nuque comme lui avait intimé le dernier protagoniste. Il éprouva une certaine délectation pour la drôle de surprise qu'allait connaître ce Colombien quand, tel la cavalerie yankee, Morizio sortirait de l'ombre pour clore le débat.

Morizio sortit de l'ombre. Il avait les mains sur la nuque et un revolver au creux des reins, tenu par un Indien furieux, se dominant à peine.

Les plaques de polystirène s'agitèrent en tous sens, Bix en émergea mal coordonné comme un personnage burlesque du temps des films muets, sauf que la large tache de sang à la hauteur de la hanche n'était pas un effet de maquillage. L'effort avait été trop grand. Il retomba, évanoui.

Poussé par l'Indien, Morizio, l'œil noir et la mâchoire mauvaise vint à se mettre à la hauteur de Curveillé qui crut rêver car l'Italien lui décocha un rapide coup d'œil.

Qu'est-ce que cela voulait dire ? Morizio aurait-il encore un atout ?

1. Que personne ne bouge. Ni un œil. Tous au milieu, les mains sur la nuque.

Ils se tenaient maintenant tous les deux, le dos à l'établi, l'Indien face à eux. Ce type, malgré la haine qu'il transpirait, se dominait, continuait à exécuter les ordres. Il ne pouvait retourner d'où il venait sans apporter la piste qui menait à ceux qui avaient lancé le contrat.

— *Ahora, sabeís que ninguno de vosotros saldrá vivo de aquí, pero hay varias maneras de morir y conozco muchas para que dure. Pues, por la ultima vez, quienes son los que os mandan ?* [1]

— *Nadie, jefe, lo hacemos por gusto, para no aburrirnos,* répondit Curveillé. [2]

Là, il avait trop crâné. La plaisanterie n'était pas du tout du goût du Colombien qui, lentement, déplaça le canon de son arme en direction du genou lyonnais.

Curveillé s'affola, il pressentit l'éclatement de sa rotule. Il cria :

— *Espera, espera, voy a decirlo todo !* [3]

Un éclair de triomphe passa dans l'œil sombre de l'Indien. Il se relâcha un moment, imagina, peut-être, l'importance et la considération que lui conférerait dans l'Organisation d'apporter, seul, les renseignements tant attendus. Il essuya sa paume moite contre la poche de son manteau. Le revolver, dans l'autre main, dévia imperceptiblement. C'est ce

1. Maintenant, vous savez qu'aucun de vous ne sortira vivant d'ici, mais il y a diverses manières de mourir et j'en connais beaucoup pour que ça traîne. Alors, pour la dernière fois, quels sont ceux qui vous commandent ?

2. Personne, chef, nous le faisons par plaisir, pour ne pas nous ennuyer.

3. Attends, attends, je vais tout dire !

qu'attendait Morizio. Son bras droit, à partir de sa nuque, décrivit un arc de cercle comme une patte de chat qui griffe. Le stylet pénétra dans la tête avec un bruit écœurant de coquille d'œuf qu'on brise, avant que le truand puisse repointer son arme. Le coup qui partit, ultime sursaut de nerfs alla se perdre dans les accessoires. Le type parut se dresser sur ses ergots, laissa tomber son arme et se mit en marche, les yeux grands ouverts. Il passa entre Morizio et Curveillé pétrifié, fit encore un mètre, se pencha sur l'établi comme un prêtre qui baise l'autel et y resta.

CHAPITRE XXIV

Ils se regardèrent.

— Chapeau, Mario !

— Chapeau, Pierre !

Ils avaient réussi leur coup. Dieu que la victoire était bonne !

Plus tard, Curveillé le savait bien, il aurait honte de son exaltation barbare. Plus tard, il se reprocherait cette euphorie bestiale venue du fond des âges, triomphe douteux de l'homme sur l'homme. Plus tard viendraient les remords, plus tard les insomnies, les sueurs froides, les angoisses, plus tard...

— Dépêchons, dit Morizio. Regardez en haut, moi je m'occupe de Bix.

Curveillé monta quatre à quatre les escaliers du bureau, sans un regard pour la sentinelle anéantie. Sur le lit de fer, à même le matelas, recroquevillé dans une couverture grossière qui servait de couvre-lit, un homme dormait, la main bandée dans une serviette maculée de sang, Roger.

Il le secoua, lui donna deux ou trois tapes sur les joues. Roger ne bougea pas, n'émit aucun son. Il était d'une pâleur crayeuse, de grands cernes entouraient ses yeux. Son cœur battait. Ce ne fut pas simple pour Curveillé de le prendre dans ses bras car il avait un corps athlétique et pesait lourd. Le Lyonnais descendit les escaliers en manquant les dégringoler à plusieurs reprises. Au passage, bien malgré lui, il balança les chaussures de Roger dans la figure du défunt qui ne parut pas s'en offusquer.

En bas, Morizio, avec d'infinies précautions, examinait la blessure de Bix. Celui-ci avait perdu beaucoup de sang mais aucun vaisseau majeur ne paraissait atteint. Tout le haut de la hanche était en bouillie, l'os illiaque avait dû éclater. Ses vêtements poisseux formaient un large cataplasme qui contenait l'hémorragie. Bix ne marcherait plus normalement mais il s'en tirait bien, le projectile qu'il avait encaissé étant censé ne laisser aucune chance, quel que soit l'impact.

Il ne souffrait pas trop, pas encore, la violence du choc anesthésiant la douleur. Il était conscient, passant d'un état de semi-torpeur à un état de grande anxiété. Lorsqu'il vit Curveillé s'approcher avec Roger dans les bras, il voulut se relever, la main de Mario sur l'épaule l'en empêcha.

— Ne t'inquiète pas, lui dit Curveillé, Roger est shooté à fond mais il va bien, lorsqu'il se réveillera, il sera dans un bon lit, bien soigné, tout sera simple.

Curveillé n'était pas si sûr de ce qu'il avançait mais l'autre, d'un seul coup, retrouva la paix et quand Morizio l'interrogea au sujet de son bateau, c'est d'une voix calme qu'il répondit, se dominant pour avoir une bonne élocution :

— Au bord du plan incliné. Nous devions sortir ce dimanche. Tout est prêt. Le mât a été enlevé pour pouvoir passer sous les ponts. Son nom ? Le *Sabir*. Vous le reconnaîtrez aisément, le Zodiac est posé à l'avant. Le plein du diesel est fait. Le horsbord est dans la cabine, avec un jerrican de 20 litres d'essence. Les clefs sont sous un chiffon, à droite, dans un vide-poche.

— Vous, Pierre, vous allez vous occuper d'eux, dit Morizio, moi je vais rester ici et faire le ménage. Auparavant, il faut que je trouve le numéro de téléphone d'une clinique à Nice d'où rien ne transpirera.

— Cela va prendre du temps ? demanda Curveillé.

— C'est possible. Il est encore très tôt et les gens de confiance seront difficiles à contacter mais en dehors de Marseille, et c'est beaucoup trop loin, je n'ai pas d'autre endroit où trouver des personnes qui, au nom de M. Saryan, feront l'impossible et auront la bouche cousue.

— Votre patron ne va peut-être pas être d'accord.

— Eh, c'est aussi votre ami ! Il ne serait pas content que vous doutiez de lui. Il tient à faire partie de notre équipe.

— Je vais chercher la voiture, Mario. Pendant ce temps, téléphonez et après, vous m'aiderez à installer Bix et Roger le plus commodément possible.

Dehors, tout autour, à quelques centaines de mètres, les immeubles dressaient leurs masses aveugles dans la nuit claire. Nul ne semblait avoir réagi aux coups de feu si tant est qu'ils aient dépassé le vase clos du garage. Curveillé amena la XM, tous feux éteints, devant la porte du bâtiment. Bix geignait.

— Putain, Pedro, j'ai mal ; faites vite, je vais gueuler.

— Tiens le coup, Bix, Mario n'a pas fini. Tu vas te retrouver d'ici peu entre des draps propres. Tu te souviens de ce que l'on disait aux copains blessés qu'on embarquait dans les hélicos.

— Ouais, salauds de planqués, vous en avez fini, à vous la belle vie, l'hosto peinard, la convalo et la vie civile.

— Avec les infirmières à poil sous la blouse blanche.

— On arrivait à les faire sourire, les pauvres types. Oh bon Dieu, que j'ai mal !

Ils furent interrompus par Morizio qui, lui aussi, manqua de se casser la figure en dévalant les escaliers du bureau.

— Tout est réglé, dit-il. Pierre, vous prenez l'autoroute pour Nice, à Mandelieu, c'est tout proche. En un quart d'heure, vous êtes à l'entrée de Nice. Tout de suite après le pont sur le Var, vous prenez, à gauche, l'avenue François-Albert, puis, à droite, la promenade des Micocouliers. Elle est assez longue mais vous ne pouvez pas vous tromper. Tout en haut, en rose clair, la Clinique des Azerolles. Vous venez de la part de Mario ; ils se chargent de tout. Bix et Roger seront soignés comme des coqs-en-pâte et dès qu'ils le souhaiteront, ils pourront partir. Vous, vous rentrez à Lyon avec la XM, moi je rentrerai avec votre voiture. On échange nos papiers et nos clefs.

Bix le regardait, écoutait, ses yeux grands ouverts lui mangeant la figure, la mâchoire crispée. Depuis quelques instants, il ne supportait plus la douleur. Il fallait faire vite.

— Où vais-je trouver ce dont j'ai besoin pour faire un détonateur à retardement ? soliloqua Morizio.

Curveillé se demanda s'il avait l'intention de faire sauter l'atelier. Ce n'était pas le style de l'Italien de donner dans le spectaculaire.

Bix leva la main, ils se penchèrent vers lui.

— Demandez à Pedro, dit-il à mi-voix, cherchant ses mots. En Algérie, notre sergent instructeur.

Que vient foutre le serpatte d'Arzew là au milieu, s'interrogea Curveillé l'espace d'un éclair. Puis il se souvint.

Il expliqua le truc à Morizio alors qu'ils transportaient Roger toujours inconscient et qu'ils l'installaient à l'avant de la XM, la tête sur l'accoudoir, l'épaule droite calée contre le montant de la porte, enveloppé dans le manteau de Curveillé. Ils soulevèrent Bix qui hurla comme un possédé, voulut leur échapper et, heureusement, s'évanouit. Ils l'allongèrent à l'arrière, la tête reposant sur son beau sac en buffle. Ils le couvrirent de la couverture qui avait servi pour Roger.

Ils se serrèrent la main, l'air grave.

— Soyez très prudent, Mario, je ne sais ce que vous avez en tête mais faites attention, je tiens à vous.

— Merci, Pierre, je vais m'arranger pour qu'il n'y ait plus de trace, je vous expliquerai. Vous, n'allez pas trop vite, ne vous faites pas remarquer avec vos deux colis.

Curveillé prit l'autoroute à Mandelieu et, en un

quart d'heure arriva à Nice, comme prévu. Cinq minutes plus tard, il se présentait à la clinique. Une infirmière, la quarantaine, l'œil dur et la poitrine agressive, lui indiqua une autre porte lorsqu'il annonça de la part de qui il venait. Deux costauds, en blanc, attendaient. Sans mot dire, ils déposèrent leurs deux clients sur des chariots à roulettes, la porte s'ouvrit automatiquement et ils disparurent. Roger était toujours dans les vapes, Bix ne s'était pas réveillé.

Curveillé n'eut à dire ni adieu ni bonne chance ni merde. Il se retrouva, comme un imbécile, les mains dans les poches, grattant les graviers du bout de sa semelle.

Il remonta dans la XM, désemparé, envisagea de rejoindre Mario pour l'aider dans sa tâche obscure mais ce n'était pas la consigne. Il n'avait plus qu'à rentrer.

Morizio était très affairé. Il avait commencé par inspecter l'Arcoa et avait constaté que le bateau était parfaitement équipé : outils, matériel de pêche, vêtements de mer. Il endossa un ciré, veste et pantalon, deux fois trop grand pour lui mais idéal pour coltiner les quatre défunts dans l'embarcation. Il mit trois cadavres dans la cabine et le quatrième, le plus élancé, fut assis à l'arrière, dans la baignoire, le dos contre la cabine, dans le sens contraire de la marche. Celui-ci eut droit à un ciré pour qu'on ne distinguât pas la carte sanguinolante qui s'étalait sur son plastron et, comble de raffinement, il fut coiffé d'une vieille casquette de marin.

L'opération délicate consista à mettre le bateau à

l'eau, car la manœuvre, simple à plusieurs, est assez compliquée pour un homme seul.

Morizio mit quelques minutes à comprendre le fonctionnement du pont-roulant qui, par à-coup et tâtonnements, amena l'Arcoa sur le plan incliné. Ensuite, à l'aide de cales et d'un treuil électrique qui laissait aller le bateau centimètre par centimètre, Morizio le fit glisser dans l'eau. Il ne lui restait plus qu'à faire le ménage, comme il l'avait dit.

Il commença par faire le tour de l'atelier là où ça avait saigné. Dans un grand sac en nylon qui servait à contenir les voiles d'un dériveur, il jeta pêle-mêle les copeaux et la sciure qui avaient été imprégnés et toutes les armes, y compris la sienne. Dans les escaliers et au sol, il récupéra toutes les douilles vides qui allèrent dans le sac accompagnées d'un attaché-case trouvé derrière l'établi. Le petit bagage noir contenait un automatique, plusieurs chargeurs, des brochures d'hôtel, une boîte de préservatifs, de la poudre blanche représentant une petite fortune et l'attirail classique pour faire un fix. Pendant qu'il y était, il ramassa quelques mégots de cigarettes, ne sachant pas si c'était les Colombiens qui avaient fumé ou le personnel qui travaillait normalement ici. Il termina sa cueillette avec deux cure-dents, quelques allumettes, un bouton de manchette en or massif et un cigare, à moitié fumé, sur le bord de l'établi.

Comme preuve de leur passage, il ne restait que les impacts des balles du P.M. mais, dans tout ce fatras, il était improbable qu'on y fasse attention. Seul, le patron pouvait se rendre compte que son local avait servi pour une tragédie mais, vu ses petites combines, il se garderait de parler.

Le jour se levait. Morizio ferma les grandes portes du garage à bateaux. Dans l'eau, l'Arcoa attendait avec son équipage fantôme. L'Italien s'était coiffé d'un bonnet de marin en laine bleue, il avait changé de ciré et, se rappelant que Bix fumait beaucoup, il alluma une Muratti. La journée s'annonçait splendide, des vols de goélands s'en allaient vers les îles, le diesel après le pré-chauffage répondit immédiatement. Debout, à l'arrière, le timon bien en main, Morizio retrouva instantanément les gestes d'un homme de mer. Il était loin le temps où, à Palerme, il faisait la contrebande de la cigarette, il était encore plus loin le temps où dans chaque barque un patron employait un gamin pour écoper l'eau. Il était loin aussi le temps où près de Bilbao ses talents de marin contrebandier servaient aux Républicains pour récupérer les armes des navires venus de France ou d'Amérique. Mais la Méditerranée reconnaît toujours les siens.

L'Arcoa descendit le canal et rejoignit la Siagne. Il alluma une autre cigarette. Assez loin, un type juché sur une mobylette le héla. Morizio salua avec force gestes, misant sur le fait que ce type connaissait Ledutal. C'était un employé ou le gardien du port qui faisait sa première tournée matinale. Le bonhomme avait reconnu le bateau mais, à cette distance, les deux types à bord se confondaient avec beaucoup d'autres qui sortaient le dimanche, accoutrés comme des terre-neuvas, pour pêcher le gobie à moins d'un kilomètre de la côte. C'était le témoin idéal. Il soutiendrait mordicus que M. Ledutal était à bord, avec un ami, et qu'il l'avait salué.

L'Arcoa continua sa descente vers la mer. Il passa au milieu du golf où nul n'évoluait encore sur le green et encore moins dans la petite barge qui servait aux joueurs pour traverser la Siagne. Il glissa sous le pont du chemin de fer puis sous le pont de la route et ce fut l'embouchure. Il piqua vers le large. Derrière, tenu par une bonne corde, le Zodiac bondissait dans le sillage. Le ciel, l'air, la mer se combinaient voluptueusement pour inciter le temps à s'arrêter.

Comme l'avait indiqué Bix, le jerrican contenait bien vingt litres d'essence mais il avait oublié de dire qu'un réservoir de quinze litres était relié directement au Yamaha par une durite à poire, ce qui augmentait d'autant son autonomie. Morizio calcula qu'il pouvait largement dépasser les îles de Lérins et son plan en fut conforté.

Deux heures, trois heures s'écoulèrent. Le diesel tournait comme une montre bisontine. Malgré le soleil, le ciré n'était pas superflu. Lorsque le Sicilien jugea qu'il était temps, l'île de St Honorat devenait un point minuscule au Nord-Est. Les petits bateaux qui collaient à la côte avaient disparu. Un cargo, très loin, venant d'Italie, voguait vers Marseille, un gros tanker, dans l'autre sens, allait vers Gènes. Des voiliers tournaient autour des Iles, l'important pour eux n'étant pas le sport mais d'être remarqué des demeures chics de Cannes.

Morizio coupa le moteur de l'Arcoa et amena le Zodiac sur le côté où il l'arrima. Le Yamaha ne pesait pas lourd et il eut tôt fait de l'accrocher à la planche arrière en mettant bien les vis de serrage là où elles avaient laissé leurs empreintes sur le bois. Il brancha le réservoir, pompa un peu d'essence dans le moteur, vérifia qu'il lui suffisait de tirer sur la corde pour se décrocher de l'Arcoa et sauta dans celui-ci.

Il prit le jerrican et arrosa copieusement l'intérieur de la cabine, les cadavres, la grosse bouteille de butane et ferma la porte. Il versa aussi de l'essence dans la baignoire mais un minimum pour que le bateau ne s'embrase pas d'un seul coup et pour que le feu n'atteigne la bombe que constituait la cabine qu'après qu'il se soit éloigné.

Il eut un rictus de connivence amusée quand il se mit à confectionner l'allumeur à retardement dont Curveillé lui avait expliqué le principe rudimentaire. Il fallait l'esprit diminué d'un sous-off instructeur rongé par le palu pour ne pas imaginer qu'avec un tcl produit, on avait plus de chance de se faire péter la gueule que de faire sauter l'ennemi.

Enfin, à la guerre comme à la guerre, le principe n'était pas bête, c'est l'application qui s'avérait aléatoire. Il prit trois cigarettes, Curveillé avait bien spécifié blondes car elles devaient se consumer toutes seules, les Muratti avaient cette qualité-là. Il ouvrit l'une des trois dans sa longueur, jeta le tabac et ne conserva qu'un quart du papier qu'il humecta légèrement de salive et dont il se servit pour unir les deux autres cigarettes. Il monta dans le Zodiac, alluma la longue cibiche qu'il venait de constituer en faisant très attention que la brise marine n'emporte pas une cendre encore vive dans l'essence qui clapotait au fond de l'Arcoa.

Il ficha l'extrémité non allumée dans une boîte d'allumettes, en contact avec les bouts inflammables. Il referma la boîte en faisant fortement pression sur la tige de tabac et posa l'ensemble sur le banc de la baignoire, la boîte dépassant le siège, à quelques centimètres de l'essence en dessous. Un morceau de sparadrap servit à fixer l'ensemble à même le siège. Le sparadrap, comme la boîte d'allumettes, venait du tiroir de la cambuse, tiroir plein d'objets de première nécessité.

Curveillé aurait été surpris de voir son ami totalement trempé de sueur alors qu'il faisait frisquet. Il est vrai que, si le montage flanchait, Morizio risquait de se transformer en torche vivante.

Ainsi, les deux cigarettes allaient se consumer en un temps incertain dépendant de l'humidité ambiante, de la force de l'air, de la qualité du tabac. Lorsque le bout incandescent atteindrait les allumettes, celles-ci dégageraient une flamme suffisante pour que l'essence prenne feu et embrase l'arrière du bateau. La porte de la cabine ne servirait pas longtemps de pare-feu mais cela suffirait à Morizio pour être loin avant que la bouteille de butane n'explose et envoie dans tous les azimuts ce qui resterait du bateau et de ses occupants dont on ne retrouverait rien, même pas les dentiers.

La première cigarette était déjà brûlée au quart lorsque le Yamaha démarra. Morizio s'éloigna pleins gaz, la tête rentrée dans les épaules, attendant d'une seconde à l'autre l'onde de choc, un cyclone titanesque qui le projetterait ad patres. Rien ne se produisit.

Au contraire, au bout d'un moment, il commença

à s'inquiéter de l'efficacité du truc. Le petit moteur japonais l'avait écarté suffisamment pour que, de loin, on ne puisse établir une corrélation entre le Zodiac et le bateau. Mais les Muratti étaient-elles les cigarettes indiquées pour ce montage ? Peut-être les Winston ou les Marlboro étaient-elles plus adéquates ? Il douta. Il douta très fort et se vit obligé de retourner pour couler le bateau d'une autre manière. Et puis, il aperçut la flamme. Cela fuma. Cela fuma longtemps. Il douta encore et ça péta. Ça péta au-delà de ses pronostics. L'horizon fut embrasé et le bruit comparable à un coup de canon de cuirassé.

Morizio débarqua vers la pointe de l'Aiguille, à un kilomètre de la Napoule. Il accrocha la corde du Zodiac après un rocher. Le petit bateau n'était pas immatriculé, le moteur était neuf. Il ne resterait pas à l'abandon et disparaîtrait dans l'anonymat d'un cabanon.

Il partit à pied sur la nationale 98, les mains dans le dos, sans hâte excessive, en promeneur du dimanche. Il vit des gens qui attendaient auprès d'une pancarte d'arrêt d'autocar. Il se mêla à eux et c'est ainsi qu'il rentra à Cannes. La suite n'était plus qu'un détail.

CHAPITRE XXV

Des mois passèrent. Les pays de l'Est firent leur révolution. La tempête ravagea les côtes européennes, compensant la douceur de l'intérieur. Le printemps succéda à l'automne. Il n'y eut pas d'hiver. On ne retrouva rien du cadre de chez Strom sorti en mer avec un ami, un beau dimanche matin. La polémique des requins à l'embouchure du Var et aux environs de la Baie des Anges fut relancée car la mer n'avait rendu aucun reste, hormis deux ou trois bouts de bois calcinés dont on n'était même pas certain qu'ils appartinssent à l'Arcoa. Les affaires maritimes rappelèrent qu'à bord d'un bateau de plaisance, les règles de sécurité doivent être observées d'une manière aussi stricte que sur un gros navire et que, sans nul doute, l'explosion provenait d'une bouteille de gaz mise en contact avec des produits inflammables. La déflagration avait été perçue au-delà de Juan-les-Pins.

Le lendemain de leur périple, Curveillé et Morizio s'étaient retrouvés à Charbonnière. Ils n'avaient aucune raison de pavoiser et, quand bien même auraient-ils eu des motifs de satisfaction, ne serait-ce que par la constatation qu'ils n'avaient pas laissé de plumes dans cette histoire, ce n'était pas leur genre de se vanter de faits où il y avait eu mort d'hommes.

Ils firent un compte rendu détaillé de leur aventure à Saryan qui ne voulut pas entendre parler de dettes et prit en charge tous les frais de la clinique.

Aux dernières nouvelles, Bix et Roger étaient partis sans tambour, ni trompette. Bix, malgré une prothèse, resterait handicapé.

Curveillé reprit son boulot, la rue Mercière, le dépannage en tous genres, les petits machons, les concerts de jazz. Il ne se décidait toujours pas à sortir avec la fille de Saryan, trop belle, trop riche, trop amoureuse de lui.

Et puis un soir, un soir comme les autres de solitude et de blues, le téléphone sonna. Il était dans la cuisine en train de préparer une salade de pissenlits. Il s'essuya les mains au grand torchon noué autour de sa taille et alla prendre le combiné. Une voix inconnue demanda.

— Monsieur Curveillé ?

— Oui.

Quelque part, à l'autre bout du fil, Pee Wee Russel attaqua un air à la clarinette avec cette véhémence plaintive qui l'avait toujours distingué des autres musiciens. Frankie Trumbauer prit le relais et fit ronfler ce curieux instrument qu'est le saxophone en ut si peu utilisé. Derrière, Curveillé reconnut le violon de Joe Venetti et le saxo-basse d'Adrian Rollini mais, surtout, lançant des notes fulgurantes, fortes et claires comme du gin pur, le cornet de Léon Bix Beiderbecke dans « A good Man is hard to find[1] ».

Il pensa : sauvés définitivement, les mecs. Loin. Pas de paroles vaines. Le message était beau.

A la fin du morceau, on raccrocha. Curveillé fit de même, revint à sa salade, ajouta des œufs durs, des lardons, un peu d'huile de noix. Il revit l'Algérie, les copains, les jardins de Tlemcem, la plage des Andalouses, le sourire du caporal André et, touillant savamment ses dents-de-lion, comme un con, il pleura.

1. C'est dur de trouver un brave type.

DU MÊME AUTEUR

Dans la collection Série Noire

BE-BOP A LOLA — *n° 2180*

Impression Bussière à Saint-Amand (Cher),
le 15 octobre 1990.
Dépôt légal : octobre 1990.
Numéro d'imprimeur : 2739.
ISBN 2-07-049247-8./Imprimé en France.

50615